徒目付暁純之介御用控1
潔白の悪企み
榊 一太郎
時代小説
二見時代小説文庫
JN116092

目次

徒目付(かち) 暁(あかつき)純之介御用控 1——潔白の悪企み

第一章　剣客旗本の履歴

一

「暁純之介、参上致しました」

裃に居住まいを正し、暁純之介は廊下で挨拶を送った。三番町にある公儀目付笹野平右衛門の屋敷、御殿の奥書院だ。

「入れ」

襖越しにやや甲高い声が返された。

襖を開き、身を入れる。床の間を背負って着座する笹野の前で両手をついた。面を上げるよう声をかけられ、さっと顔を上げ笹野を見返す。

心なしか笹野は気圧されたように胸を仰け反らせた。

純之介は中背ながら、肩幅も広く分厚い胸板とあってがっしりとした身体だ。そんな逞しい身体にふさわしい太い首が浅黒く日焼けした精悍な顔を支えていた。

歳は二十五歳、身体中から精気が溢れ、眼光鋭く命じられる役目を待ち受けている。

「小幡はいかがした」

威厳を示すように笹野は声を太くした。

四十前後の痩せぎすの身体、月代と髭を入念に剃り上げた顔は艶やかで頬骨が張り、細い目を神経質そうにしばたたかせている。いかにも仕事のできる能吏然としており、目付の任にあるのがふさわしい。

「存じませぬ」

純之介は明瞭な声音で答えた。

小幡とは、同僚の小幡大五郎である。

徒目付は相役と二人で役目を担う。探索対象となる人物や事件について功と罪両面から調べるのだ。笹野は今回の役目を任せる純之介の相役が来ていないのを気にしている。

大抵、相役同士は決まっている。何度も役目を遂行をしてきているのだが、小幡と組んだことはない。いや、そもそも、純之介には決まった相役がいない。役目ごとに相役が代わる。

そのことに気づいた笹野は肩をそびやかして、

「そうであったな。そなた、小幡とは初めて相役となるのであったな」

と、呼び出した刻限を過ぎてもやって来ない小幡に苛立ちを示した。

「よろしければ、お役目をお命じください」

純之介は申し出た。

「そうじゃな」

笹野はこほんと空咳をしてから、

「小普請組大野左京の行状を調べよ」

と、命じた。

「畏まりました」

両手をついてもう一度頭を下げてから、仔細を話してくれるよう目で頼んだ。笹野はうなずくと、

「近々、大野左京は新番組頭への登用が内定しておる。小普請組支配鬼頭玄蕃殿の推挙による。ついては、大野の行状を調べよ」

と、補足した。

新番は、大番、書院番、小姓組、小十人組と共に五番方と呼ばれ、将軍の警護を担う重要な役目である。このため、剣の腕はもちろん人品(じんぴん)も問われる。大野が新番にふさわしい男かどうかを探索してこいということだ。

純之介は目付配下の徒目付、家禄百俵五人扶持の御家人である。目覚(めざま)しい業績を上げれば旗本への昇進も夢ではない。

徒目付は目付の命令で旗本の行状を探ったり、町奉行所、牢屋敷、勘定所、普請場、養生所(ようじょうしょ)などを見回る。また、目付が遠国(おんごく)に赴(おもむ)くに際しては随行(ずいこう)した。

「それと、小普請組支配鬼頭玄蕃殿にはよからぬ噂がある」

笹野によると鬼頭は小普請組の旗本から賂(まいない)を受け取っているという。役付が叶った際の謝礼とは別に、礼金を取り、礼金に応じて役付への斡旋(あっせん)を行うのだとか。

「ということは、大野左京さまの人となり、行状の他、鬼頭さまに推挙された理由も確かめよということでございますな」

「腹を割ればじゃ、わしの狙いは大野探索を通じて鬼頭玄蕃の不正を糾(ただ)すことにある。そなたは、あくまで大野左京が新番組頭に適任かを調べる役目を果たしてくれ。鬼頭玄蕃探索は別の者に当たらせる」

釘を刺す笹野とて目付で終わるつもりはないだろう。口に出すことはないが、上の役職を狙っているはずだ。旗本、御家人を監察する目付は直参旗本の中から特に優秀な者が選ばれる。大抵は書院番組頭か小姓組組頭、もしくは小普請組支配組頭、大番組頭から登用された。

目付で実績を積めば下三奉行と呼ばれる小普請奉行、普請奉行、作事奉行か、大坂町奉行、京都町奉行、長崎奉行といった遠国奉行に昇進する。更に、勘定奉行、町奉行に就任すれば幕閣の一翼を担うことができるのだ。

徒目付の働きが目付の出世に影響するとあって、笹野は純之介を期待の目で見ている。目をかけてやるから、しっかりと役目を果たせ、と言っているようだ。確かに目付に認められれば、御家人の身分から旗本になることができる。

しかし正直、純之介は出世に執着しない。出世したくないことはないが、旗本になれば徒目付の役目に留まることができるかわからない。純之介は徒目付という役目を全うしたい。人のあらを探すのが好きなのではない。物事の真実を明らかにし、そこに不正があるのなら正したいのだ。

自分一人で世直しなどできはしないゆえ、世直しを叫び立てるつもりはない。ただ、少しでも正しきことがまかり通る世になるための一助だと思っている。

「探索の費用だ。存分に使え。使途についての報告は不要である」

笹野は探索費五両を支給してくれた。

次いで、笹野から探索費の他に一通の書付を受け取った。

大野左京の履歴が記してあった。

小普請組の旗本は役付を願う「御番入り吟味」に際して所属する組頭や支配役に履歴書を提出する。両親や家族、自分の履歴は元より、学問や武芸を学んだ師範の名が記してある。笹野は大野を新番組頭に推挙した小普請組支配鬼頭玄蕃から大野の履歴書を受け取り、書付にしたのであった。

大野左京、名は康久、父兵庫介康近の嫡男として安永九年（一七八〇）に誕生したのだから今年で数え四十三だ。大野家は家禄三百石、父兵庫介も小普請組であった。文化八年（一八一一）母光代が死去、享和二年（一八〇二）小普請組米田仁左衛門の娘紗代と縁組。紗代は大野より五歳年下である。二年後、兵庫介の隠居に伴い家督を相続した。兵庫介は二年前の文政三年（一八二〇）に死去している。兄弟はなく、家族は妻の紗代だけだ。

純之介は受け取ってから辞去しようと思ったが、

「小幡は何をやっておるのだ」

と、笹野は苛立った。

純之介は去りたかったが、小幡と自分のどちらが功、罪を担うのかを決めないわけにはいかない。

通常は目付の目の前で籤(くじ)を引いて決める。探索に私情を挟まないためだ。

「では、籤を引きましょう」

純之介は申し出た。

純之介が引きさえすれば、小幡は引かなくても決まりなのだ。

「よかろう」

笹野は竹細工で作られた二本の籤を取り出した。功が赤、罪が黒である。赤と黒を笹野は手で隠して純之介に差し出した。

無造作に純之介は右側の籤を引いた。

黒であった。

純之介は無表情に受け入れた。

「そうじゃ、そなた、小幡に届けよ」

笹野は言った。

大野左京の履歴が書かれた書付とご丁寧にも赤の印が入った籤を純之介に手渡した。

「承知しました」

純之介は受け取った。

小幡とは同じ御徒町に組屋敷がある。もっとも、一度も訪ねたことはない。行き交えば目礼を交わす程度で、口を利いたこともなかった。

だからといって、相役としてやりにくいとは思わない。そもそも純之介は相役に期待などしていないのだ。

純之介は笹野の屋敷を辞去すると、下谷仲御徒町にある組屋敷へ戻った。

文政五年（一八二二）の文月二日、暦の上では秋だがまだまだ暑さは引かず、涼しさは感じられない。

盛夏と変わらない強い日差しを浴びながら上野に至ると東叡山寛永寺の巨大な伽藍が青空に映えている。

仲御徒町の武家屋敷街は整然と区割りされ、各々の屋敷は冠木門を構えた敷地百坪ほどだ。小幡や純之介の家も軒を連ねる組屋敷の一つである。

冠木門脇の潜り戸から入ると、屋敷内を見回した。

庭で小幡大五郎が天秤棒を担いだ男とやり取りをしている。天秤の両方には板が吊るされ、板には素焼きの小鉢仕立てにした朝顔が並べられていた。

朝顔は奈良時代の末、唐から遣唐使が持ち帰ったのが最初とされている。以来、主に薬用植物として珍重されてきたが、江戸時代に入ると観賞用としてもてはやされる。庭などない長屋の住人たちも小鉢仕立ての朝顔であれば縁側に並べて夏の風情を味わえたからだ。

特に文化、文政期には人気が高騰した。従来から親しまれてきた朝顔ではなく、朝顔と思えない花や葉の形をした変わり咲きの朝顔、すなわち変化朝顔が栽培され、それらが人気を博したのである。

変化朝顔を栽培する達人も現れ、彼らは朝顔師と呼ばれた。闘花会といって変化朝顔を競う品評会も催され、高名な朝顔師が選評に当たった。

また、変化朝顔ではない普通の朝顔は、御家人達が内職で栽培し、朝顔売りが市中を売って歩くのが珍しくはない。小幡も朝顔を栽培しており朝顔売りが買い付けにやって来るのだろう。ところが小幡が勧める小鉢にはさわやかな彩りのらっぱ状の普通の朝顔や、とても朝顔とは思えない牡丹の花のような変化朝顔までが見事に咲き誇っている。

小幡は普通の朝顔ばかりか変化朝顔の栽培も行っているようだ。そういえば耳にしたことがある。小幡は朝顔師も真っ蒼の変化朝顔を栽培できるのだと。内職に精を出しているのは子沢山だからだそうだ。

「父上さま」

舌足らずな女の子の声が聞こえ、幼子が二人歩いて来た。どちらも女の子で三つか四つくらいだろう。

朝顔売りが出て行ってから小幡は娘を伴い母屋に入ろうとした。そこで門にたたずむ純之介に気づいた。

「これは、暁さん」

と、右手を挙げた。

小太りの身体、牛のような面持ちながらにこやかに微笑む様子、細い目が糸のようになって人が好さげである。

徒目付は二人で役目を遂行する。幕府の役職に対し幕臣の数が多く、役に就けない者を少しでも減らそうという事情もあるが、一つの役目に対し一人の目だけではなく、二人の徒目付が見ることで公正を期する目的もあった。

「何か御用ですか」

十歳も年上ながら小幡は丁寧な物腰で問いかけてきた。どうやら、笹野に呼び出されたことを忘れているようだ。

苛立ちをぐっと堪え、

「笹野さまからお役目を拝命しましたぞ」

純之介は言った。

途端に小幡は自分の額をぴしゃりと叩き、

「そうか、今日は二日か。一日だと勘違いしていた……いや、まことにすみませんでした」

と、何度も頭を下げ、平謝りに謝った。

「わたしに謝らなくてもいいですよ。笹野さまに詫びを入れなされ」

純之介が勧めると、

「そうですな」

受け入れながら再び純之介に何度も頭を下げ、純之介を母屋に案内した。こんな男が相役なのかと内心でため息を吐いた。

庭に面した居間に通された。

縁側には朝顔の鉢植えが並べてある。変化朝顔と普通の朝顔が混じっていた。

小幡は正座をして、お役目を受け賜わる、と恭しく述べ立てた。

純之介は、

「小普請組大野左京の行状を調べるというお役目です」

純之介は告げると懐中から大野左京の履歴書の内容が記された書付を取り出し、小幡に手渡した。一礼してから小幡は目を通した。細い目を更に細め、真剣な顔つきで読み終えると、

「ぴかぴかの履歴ですな。武士として、非の打ちどころのない御仁です。新番の組頭に適任かと存じます」

と、役目に入る前から結論めいた論評をした。

「履歴通りであれば、ですな」

小幡の先入観を注意するように純之介は言った。

「ごもっともですな。履歴通りであれば、探索の必要はありませんな」

小幡も賛同した。

次いで、

「そうだ、茶菓子がありますぞ。近頃、評判の井筒屋の今川焼なのです。今年は残暑が厳しいですからな。しばらく朝顔が売れそうなのですよ」

小幡は奥に向かって今川焼を出すよう言いつけた。「気遣い無用です」と純之介は

断ったつもりだが、小幡は遠慮だと解釈したのか、自分も食べたいからなのか女房に持って来させた。

女房の里恵（さとえ）がお盆に今川焼と麦湯（むぎゆ）を持って来た。

「どうぞ、ゆっくりしていってくださいね」

里恵は恰幅（かっぷく）のいい、明朗快活な人柄らしく、気さくで明るい。

今川焼が匂い立つ。

「美味（うま）そうですぞ」

甘い物には目がない、と小幡は言い、言葉通りに目が生き生きと輝き、頬を綻（ほころ）ばせた。

「あなたは甘い物ばかりか辛い物も大好きではありませんか。食べ過ぎはよろしくありませんよ」

批難しながらも里恵は急須（きゅうす）から茶碗に注ぎ、純之介の前に置いた。里恵の笑顔に誘われるように純之介も今川焼を食べ始めると、里恵は居間から出て行った。

小幡が勧めるだけあって美味い。こし餡がびっしりと詰まっているのだがしつこくない。日頃、滅多（めった）に甘味を食べない純之介も抵抗なく食べ進められた。

食べ終えてから、純之介と小幡は大野について話を始めた。

履歴に取り立てて目を引くことはない。

学問は昌平坂学問所で学んだ後、名の通った学者の下で朱子学や国学、四書五経を修めた。目につくのは蘭学者永井青崖から蘭学を学んでいることだった。大野は開明的な思想の持ち主なのか、知的な好奇心が旺盛なのかもしれない。

武芸で目につくのは剣術である。東軍流免許皆伝としてあった。

「東軍流か」

純之介が呟くと、

「今時、珍しいですな」

小幡が返したように、戦国の気風が残る昨今では流行らない流派だ。

一通り目を通してから、

「履歴書は当てにならないもの。自分の目で見て確かめないことには」

冷めた口調で純之介は言った。同意するように小幡も首を縦に振る。

「それと、笹野さまより、大野左京が小普請組支配鬼頭玄蕃さまに推挙された理由を確かめよとも命じられました」

純之介の言葉に小幡はうなずき、

「大野が不正を行ったかどうかということですか」

「大野の不正もそうですが、鬼頭さまの方から賂（まいない）を要求したのではないかと笹野さまは勘繰っておられる。鬼頭さまには悪い噂があるそうです」

「噂ですか」

失笑を漏らした小幡を見返し、

「わかっています。噂に惑わされることなく、公正な目で大野左京という男を調べるべきです」

むっとなって純之介は言い返した。

「おっしゃることはごもっともですが、人は公正な立場には立てないものですぞ。暁さん、笹野さまから鬼頭さまが賂を受け取っているという悪評を聞かされたのですな。我らは役目に入る前から大野さまが鬼頭さまに賂を贈ったという疑いの目で探索に当たることになるのですな」

今度は小幡に純之介の先入観を窘（たしな）められた。それはそうだと小幡の言葉を受け止め、

「笹野さまの狙いは大野探索を通じて鬼頭の不正を暴くことです。ただ、鬼頭さまの身辺は別の者に調べさせると仰せでした」

小普請組支配鬼頭玄蕃を弾劾（だんがい）すれば、笹野は目付として大いなる手柄を立てることになる。笹野の指令で役目を遂行する以上、笹野の意向に沿わねばならない。

一般的に小普請組から役付になることは容易ではない。小普請組頭、支配双方に履歴書を提出する。履歴書には剣術の流派と道場、学問の師などを書き記し、希望の職を申し立てる。もちろん、それで、役付すなわち、「御番入り」できるわけではない。組頭、支配双方の屋敷に日参し名前と顔を憶えてもらうことから始めねばならないのだ。

当然、御番入りを願う者で組頭、支配双方の屋敷は一杯だ。希望する役職に空きが出そうだと聞くと、希望する役職の上役、今回の大野の場合なら新番組頭の屋敷にも挨拶に出向かねばならない。

中々に手間と暇を要する。もちろん、役職が得られそうになったら手ぶらというわけにはいかない。それ相応の土産が必要だ。

鬼頭が大野の人品のみを評価して新番組頭に推挙したのかどうか、しっかりと見極める必要がある。

「笹野さまから探索費五両を受け取りました」

純之介は半分の二両二分を小幡の前に置いた。

「まずは、大野左京という御仁をしっかりと調べます。できるだけ、大野に関する情報を集めねばなりませぬな」

気を引き締めて言うと、

「そうですが……」

小幡は首を傾げた。ああ、そうだ。功、罪どちらから探索を行うか、伝えていなかった。

「失礼した」

と、純之介は懐中から赤印の籤を取り出し、

「わたしは罪、小幡さんは功の面から探索を行うことになりました」

純之介の言葉を聞き、

「いやあ、よかった」

と、小幡は安堵で表情を和らげた。

次いで、

「拙者、どうも罪の探索は苦手でござる。何だか人のあら探しをしているようで、どうにも嫌な気になります」

本音を吐露したのだろうが、これから罪の面を探ろうという純之介はいい気がしない。それに気づいたようで、

「これは失礼した。悪気はないのです。しかし、罪の面からの探索を行われる暁さん

には不愉快なことを申してしまいましたな。いや、この通り、謝ります」

小幡はぺこりと一礼した。

「わたしだって人の悪い面を探るのは嫌ですよ。役目だから行うのです。そして、役目である以上、手を抜くことなく、また、私情を交えることなく、探索に当たらねばなりませぬ……そうでしたな、人は客観的な立場には立てぬもの、私情を交えぬこともできぬでしょうが、事実の積み重ねをして答えを得たいと思います」

淡々と純之介は述べ立てた。

「辣腕の徒目付は申されることが違いますな。そうだ、暁さんは物覚えがよいそうですな。わしはどうも物忘れがひどくて。昨日の夕餉……あ、そうだ、笹野さまの呼び出しの日も忘れる程でござる」

小幡は自嘲気味の笑いを放った。

またも、不快感が胸を伝ったが黙っていた。笹野の呼び出しは忘れていたのではなく、日を間違えたのだろう、と訂正してやりたかったが面倒なので問題にしなかった。

ただ、小幡に言われたように純之介は記憶力がいい。特に、探索の際には自分の目で見たことは些細な点まで記憶に留めるよう努めている。一々書き留めることなどできないため、集中して記憶する鍛錬をしてきたのだ。その甲斐あって、徒目付としての評価は高まってきている。

小幡は懐中から小さな紙袋を取り出した。自家製の煎じ薬である。純之介の視線に気づき、

「葛の根に麻黄、鷹の爪、山椒を煎じた熱冷ましです。多目に煎じましたから差し上げます。残暑厳しき折ですが風邪はこじらせると厄介ですからな」

親切心で言ってくれたのだろうが、飲む気はしない。変化朝顔栽培といい、小幡は器用なようだ。

「いや、わたしは何処も悪くないですので……せっかく煎じたのです、ご自分で飲むのがよろしい」

純之介が断るとそれ以上は勧めず、

「さて、功と罪ですが、それは各々の視点ですな。大野左京の好い面、悪い面を探り出すということになろうかと存じますが何を調べましょう」

と、首を捻った。

「大野の履歴に鑑み、武と文に偽りがないか、それを確かめましょう」

「それはよいですな。勝手ながら、暁さん、武の方を確かめて頂けませぬか。わしは

どうも武芸の方は……」

なるほど、小太りの身体はとても武芸の鍛錬を積んでいるようには見えない。

「承知しました」

純之介は受け入れた。

帰り際、小幡は朝顔も持って帰るよう言った。煎じ薬を断った手前、小幡の親切心をむげにもできず、縁側に並べられた小鉢の一つを選んだ。小幡は変化朝顔を勧めたが高価でしょうから、と普通の朝顔を貰った。

紫の花に心が和んだ。

二

自宅に戻った。

玄関で妻由美と息子鉄太郎、娘美香が正座をして出迎えた。

由美は二十四歳、目鼻立ちが整った細面の瓜実顔、痩せた身体つきながら健康そのもので働き者だ。父は徒目付の役目にある御家人ではなく蘭方医である。七年前、純之介は風邪をこじらせ肺炎を患った。評判の蘭方医、井村東洋の治療を受け、通院する内に診療所を手伝っていた由美と深い仲になったのである。

由美はかいがいしく患者の面倒を診るばかりか、自身も蘭方医術を学んでいた。父や書物から得た医術の知識で純之介の治療に助言をしてくれた。由美には二つ下の弟格之進（かくのしん）がおり、将来は診療所を継ぐ予定だが、由美も医者になりたいと思っていた。女性であることと純之介の妻に望まれたことから蘭方医の道を諦めた。

それでも、実家を訪ねた折には東洋から蘭方に関する新情報を聞き、医術書を借りてくる。八年前、相次いで父、母を病で亡くした純之介はもっと早く井村の診療所と由美を知れば良かったと悔いている。

由美は賢母でもあり、鉄太郎と美香を健康で礼儀正しい子供として育ててきた。五歳の鉄太郎、四歳の美香はすくすくと育ち、手習いや手伝い事を怠（おこた）らない。

純之介が帰宅すると必ず、その日に行ったことをはきはきとした口調で報告した。子供たちの笑顔を見ると、どのような厳しい役目を担おうが緊張が解（ほぐ）れ、癒される。子供たちと半時程語らい、純之介はぐっすりと眠ることができた。

数日後、純之介は大野左京の屋敷に探索にやって来た。大野の屋敷は霊岸島新堀（れいがんじましんぼり）に程近い、南新堀一丁目にあった。

禄高は三百石とあってさして大きくはない。敷地三百坪くらいだ。新番組頭は役高六百石だから、在任の間は三百石が足高されるわけだ。長屋門を備えた屋敷は手入れのいい松が黒板塀越しに枝を伸ばしている。

今日の純之介は色褪せた小袖に襞がなくなった菜っ葉のような裁着け袴、背中には打飼袋を背負い、回国修行の武芸者という出で立ちだ。月代と髭を剃らずにいたため、月代と無精髭が伸び、それに加えて純之介は泥水で顔を洗ってきた。むさ苦しいとまではいかないが、いい具合に旅塵にまみれている。

裏門が開け放たれ、大野が道場主を務める道場がある。

道場の武者窓の前に立つ。格子の隙間から稽古の様子を覗いた。

紺の道着に身を包み気合いの籠もった声を発しながら稽古を続ける門人たちは迫力があった。見ていると、役目を忘れて自分も稽古の場に加わりたくなってくる。

見所に座して稽古を見守っている、ひときわ精悍な武士が大野左京であろうか。きりりとした目、引き締まった表情、道着を通しても鍛え抜いた身体つきだとわかる。

玄関に回って、

「頼もう！」

と、大きな声で呼ばわった。

すぐに門人の一人が玄関に出て来た。若い男だ。紺の道着に身を包んだ身体は六尺近い。さては道場破りにはこのような大男を対応させるのか、と純之介は勘繰った。

「拙者、上州浪人暁純之介と申す。回国修行の旅の途上にて道場主大野左京先生と手合わせを願いたい」

胸をそらしてわざと居丈高な物言いをした。

「あいにくと大野先生は稽古中につき、お相手できませぬ」

門人は落ち着いて言った。

偉丈夫だけに迫力がある。

「それを承知で手合わせを願いたい」

気圧されることなく純之介は申し入れた。

「少々、お待ち願いたい」

門人は奥に引っ込んだ。

道場破り。こうした場合、道場では手合わせをすることなくいくらかの路銀を渡し、帰らせるというのが常套手段である。大野左京もその手に出るのだろうか。

待つこともなく門人は戻って来た。

「暁殿、どうぞ」

門人は言った。

相手になるということか。そうこなくてはいけない。

純之介は玄関脇にある控えの間へと入った。

すぐに大野左京が入って来た。きびきびとした所作、表情は消しているが鋭い眼光、まさしく一人の剣客である。

「暁殿と申されるか」

声音も凛としている。

「いかにも」

「回国修行中とのことであるが、流派はどちらでござるか」

「直心影流でござる」

直心影流は江戸初期、武蔵岩槻藩の藩士であった山田光徳によって創始された流派で、稽古の際には防具を身に着け、木刀ではなく竹刀を使う。このため、軟弱だと揶揄する武士もいる。実際、純之介が直心影流を名乗ると失笑を漏らす門人もいた。

大野は表情を変えることなく、

「当道場に来られた理由や如何に」

「東軍流の剣に興味を覚え申した」

「なるほど、東軍流は最早廃れたとお考えかな」

口の端を歪め大野は問うてきた。

「廃れたとは思いませぬ。戦国の気風が残る実戦重視の剣と聞き、大変に興味を覚えます。是非ともお手合わせを願いたい」

役目のこともあるが大野左京という一人の剣客と手合せがしたいと思った。

幸い、

「承知仕った。但し、拙者がお相手致す前に三人の者と木刀を交えて頂きたい」

「三人に勝てば、お相手くださるということですな」

「ご不満か」

「いえ、大いに結構」

「ならば、こちらにて支度されよ。木刀は当道場のものをお使い頂く」

大野は言った。

純之介は軽く頭を下げた。

大野はすっと立ち、部屋から出て行った。刀の下げ緒で襷掛けにした。門人が木刀を持って来た。目礼して木刀を両手で受け取ると、さっと立つ。

通常の木刀よりも重く、太い。

これを自在に操るには相当な膂力と技が必要であろう。

道場に足を踏み入れると、板壁に沿って左右に分かれ門人たちが座していた。見所で大野が静かに座っている。門人たちの視線を受け止め、軽く頭を下げた。

両側の壁には門人の名札が掛けられている。百人余りだ。支援する大名や高級旗本がいれば門人から月謝を取ることなく運営できるが、この道場はどうなのだろう。

町道場の月謝というとおおよそ二百文といったところだ。百人として月に二万文、金目にして五両だ。大野が道場主としてどれくらい貰っているのかはわからない。ただ、然るべき武家屋敷に出稽古に出向けば相当な謝礼が手に入るはずだ。

他人の懐具合を詮索するのは気が進むものではないが、大野が鬼頭に賂を贈ったとすれば、道場での収入源が気になるところだ。

「船山」

大野が呼ばわると若い男が木刀を右手に提げ立ち上がった。玄関で応対した大柄な男だ。どうやら、身体だけではなく剣の腕も道場破りに対処できるようだ。

純之介と共に道場の真ん中で向かい合うと、船山新之助です、と名乗った。六尺の長身とあって、船山は純之介よりも頭一つ大きい。改めて見ると、道着から覗く首は太く、幅広の肩と分厚い胸板、木刀よりも長柄の鑓が似合いそうだ。

二人は相正眼で構える。

三間の間合いを取り純之介は船山を見据えた。船山の両眼は吊り上がり、額には薄らと汗が滲んでいる。大野や門人たちの視線を意識し、負けられないという気負いが見て取れた。

純之介は木刀の切っ先をほんの少しだが上下に揺らした。

船山は木刀を大上段に構え直し、すり足で間合いを詰めて来た。

原野に根を下ろす巨木のように動かない純之介を威圧せんと、

「てえい！」

大音声を発すると木刀を振り下ろす。

さっと右足を引くと同時に純之介も木刀を繰り出した。

木刀が重なり合い、鋭い音が道場に響く。お互い、さっと後ずさりをし、間合いを取った。船山の表情は意外にも和らいでいる。一太刀交えたことで緊張が解れたのか純之介の力量を見切り、自分が勝てると踏んだのか。

今度は純之介が仕掛けた。

すり足で間合いを詰め、船山の懐に飛び込むと木刀を横に払った。船山は逃げることなく木刀で受け止め、右に奔った。すかさず追いかけると船山は下段から斬り上げた。

純之介は一歩踏み出し、船山の小手を打った。

苦痛に船山の顔が歪んで木刀を落とした。

板敷を木刀が転がった。

船山は深々と一礼すると木刀を拾い上げた。その顔には笑みが浮かんでいる。純之介との手合わせを楽しんだような気がする。そういえば船山の剣には邪気が感じられなかった。それどころか、実に伸びやかで素直だ。研鑽を積めば良き剣客となるだろう、と純之介は好感を抱いた。

「次！」

大野が声をかけると門人の一人が立ち上がった。次の相手であろう。しかし大野は門人を制し、

「いや……わしがお相手致そう」

と、腰を上げた。

純之介の力量を見て門人たちには任せられなくなったようだ。純之介は自分の腕が認められたようでうれしくなったが、今は集中しなければならない。

再び道場の真ん中で立ち合う。

さすがに大野は落ち着き払っている。八双に構えた立ち姿は寸分の乱れもなく、紺の道着と相まって武士の品格と美しさを漂わせていた。

純之介は下段に構えたものの、迂闊には動けない。一歩踏み出せば隙が生じ、それを見逃す大野ではないだろう。

大野は八双の構えのまま身動ぎもしない。口元はきりりと引き結んでいるものの、穏やかな表情は茶室にいるようである。

それでも、道場には緊張の糸が張り詰めている。門人たちが固唾を呑んで見守っているのを純之介は全身で感じた。

手合わせをする前から優位に立った気はしない。大野の視線が純之介の木刀の切っ先に据えられ、視線が交わらないためであるが、平静を保ったままの大野の姿勢に純之介の方が威圧されているのだ。

大野に勝つには……。

隙や短所を見つけ出そうとするがそんなものが大野にあるはずはない。

いや……。

大野は右足を庇っているように見える。見落としそうなくらいに僅かなのだが体重が左足にかかっているのだ。

弱点をつくのは卑怯だが道場破りが正々堂々と立ち合うものではない。道場破りと信じさせることにもなる。

右足の具合が良くないのであれば動きを激しくし、大野に負担をかけよう。

純之介は間合いを詰めると見せかけさっと後方に退いた。大野は追撃しない。あたかも、純之介の動きを読んだ上での判断のようだが純之介の目には右足への負担を嫌っての動きと映った。

よし、純之介は大野の右側から打ち込んだ。

「たあ！」

裂帛(れっぱく)の気合いと共に突きを繰り出す。

大野の動きは速かった。

腰を落とすや八双から下段に構え直し、木刀を右下から左上、すなわち逆袈裟(ぎゃくげさ)に斬り上げた。

木刀と木刀がぶつかり合った。

両の手首に衝撃が走り、純之介の手から木刀が離れ宙を舞った。

木刀が落下する音が静寂を破った。

門人からため息が漏れる。

「東軍流秘蝶返しだ」

船山が目を爛々と輝かせて呟いた。

聞いたことがある。東軍流では刀を右手に持った状態から左手で抜き様に斬り上げる技があると。

道場ゆえ木刀を両手で持つという通常の構えながら、逆袈裟の技は秘蝶返しの変形なのだろう。いかにも戦国の気風を残す実戦重視の東軍流ならではの技だ。

大野は右足を痛めていると見せかけ、純之介を誘ったのだろう。実際、今の大野はしっかりと両足で道場の真ん中に立ち尽くしている。

「お見事」

純之介は負けを認めた。

大野はにこりともせずに目礼を返す。負けた悔しさよりも充実感が心地よい汗となって滲み出た。

「暁殿も研鑽を積んでおられますな」

大野も破顔した。清々しい笑顔である。

「失礼ながら、道場主としてご立派に道場を守っておられるだけの腕と感服つかまつった」

世辞(せじ)ではない、心の底からの称賛だった。大野は船山を呼び、耳元で何事か囁いた。

船山は黙って道場から出て行った。純之介は改めて一礼し、

「本日は東軍流の神髄(しんずい)を見た思いでござる」

「満足頂ければ幸いでござる」

大野が返したところで船山が戻り、紙包みを大野に手渡した。

「失礼ながら、路銀の足しにして頂きたい」

大野に紙包みを渡された。

手合せするのが嫌で路銀だけを渡す道場が多い中、ちゃんと手合せをした上に純之介を負かした。本来ならこれで帰れと罵声(ばせい)を浴びせられても仕方がないところだが、

「かたじけない」

両手で受け取り、稽古場から出た。

帰り際、手合せをした船山が玄関まで見送りに来て純之介の腕を讃えた。直心影流を見くびっていたと詫びられもした。対して純之介も大野はもちろん船山も称賛する。

「大抵の道場では道場主、師範代が手合せしてくださることなどありません。大野殿は拙者の申し出を堂々と受けてくださった」

感激の面持ちで言うと、

「先生は決して逃げぬお方です。それと、貴殿が手合せできたのは運が良かった」

「幸運と申されるか……」

純之介の問いかけに船山はうなずくと、

「出稽古に行かれることが多いですからな。特にお盆の前後は連日の出稽古で、道場には中々顔を出すことができず我ら門人に申し訳ないと詫びておられました」

「出稽古と申されると、大名屋敷とか旗本屋敷ですかな」

さりげなく問いかけると船山は出稽古先を誇らしげに語った。大名屋敷が二軒、旗本屋敷が三軒である。小普請組支配鬼頭玄蕃の名はない。

「回国修行の身ですが、いっそのことこちらの道場に入門しようか……あ、いや、きっと入門料、月々の稽古料は多額を要するのでしょうな」

さりげなく純之介は確かめた。

「入門料は二の次です。先生は剣に対する姿勢、取組で入門を許可なさいます。懐に余裕ある者からは多少の入門料を受け取りますが、わたしのような身分卑(いや)しき者は納めておりません。出稽古先の大名、旗本方からも法外な謝礼は受け取っておりませぬ。先生は過ぎたる金は身を亡ぼす、剣には邪魔、とお考えです」

船山は大野左京を心から尊敬しているようだ。また、さまざまに大野左京の剣の腕についても絶賛していた。

純之介は道場を後にした。

路銀は一分金が一枚である。思わぬ副収入だが懐に入れるわけにはいかない。道場破りにやって来た者全てに路銀を渡すのかどうかはわからないが、大野道場は思いの外(ほか)に裕福なのかもしれない。

大野左京、まさしく武に秀(ひい)でた武士だと純之介には思えたが……。

東軍流秘蝶返しが引っかかる。

いくら東軍流らしい実戦重視の剣法とはいえ、悪くない右足を弱っているように見せかけるとは騙し討ちではないか。

技量はずば抜けているが剣に対する姿勢に邪(よこしま)なものを感じる。門人の船山新之助の剣に伸びやかさや素直さを感じただけに対称性が際立っているのだ。

さて、笹野への報告だ。大野の武に対する評価をいかにするか。技量からすれば新番組頭にふさわしい。新番どころか五番を通じてもこれほどの使い手は稀(まれ)だろう。しかし、天下泰平の世にあって将軍を守る剣には技量に加えて品格が求められる。

大野左京、果たして新番組頭に適任であろうか。

もっとも、文の面からも評価せねばならない。そして何よりも人柄である。

そして、小普請組組支配鬼頭玄蕃への贈賄だ。

船山の話だと、大野左京は贅沢華美を嫌い、金儲けを良しとしていない。道場を営むに足る金さえあれば十分という姿勢だ。賂の相場はわからないが十両や二十両ではあるまい。

まずは百両か……。

それだけの金を贈る余裕が大野家にはあるのか。三百石という家禄ではゆとりはあるまい。となると道場主としての収入だが、急に稽古料を増額したのではなさそうだ。

となると、賂を贈ってはいないのか。

いや、まだ結論づけられない。大野には表立ってはいない収入があるのかもしれない。

純之介は大野屋敷の長屋門を振り返った。

三

一方、小幡は身辺を当たった。

羽織、袴というごく普通の武家の装いで大野左京の屋敷に出向いた。裏門に回り、しばし様子を窺った。

店者風の男が屋敷から出て来た。

出入りの商人だろう。

「ちと、物を尋ねたい」

小幡が声をかけると商人は辞を低くした。案の定、大野屋敷に出入りする炭問屋の手代であった。

「大野左京さま、相当な手練れと聞き及んでおる。ついては、大野さまに剣を学びたいのだが……」

「道場のことはあまり存じませんが、道場主をお務めなさっておられるとか」

商人は答えたものの、見知らぬ侍相手に出入り先についてあれこれとしゃべることに抵抗を感じているようで警戒している。問いを重ねようとしたが、「それでは」と頭を下げて他へ向かってしまった。

しばらくして大きな風呂敷包みを背負った商人がやって来た。何度か立ち止まり風呂敷包みを背負い直している。

大野の屋敷に届けるのかもしれない。今の商人のように警戒心を起こさせないよう話を聞かねば。往来の天水桶（てんすいおけ）の陰に潜んで様子を窺う。背中の風呂敷包みがよほど重いのだろう。商人は覚束（おぼつか）ない足取りだ。これも役目のためだ、と内心で詫びて小石を拾うと商人の足元目がけて投げつけた。

石は商人の足首に命中した。

商人は驚き、身体の均衡（きんこう）が大きく崩れた拍子に風呂敷の結び目が解（ほど）け、中身が落下した。大量の書物だった。商人は貸本屋とわかった。足首をさすってから貸本屋は本を拾い集め始めた。小幡も駆け寄り本を拾った。

貸本屋は小幡を侍と見てか、

「勿体（もったい）のうございます」と遠慮したが、

「かまわぬ、大野さまの御屋敷に届けるのか」

手を止めることなく、気さくな調子で問いかける。細い目が糸のようになり、人の好さそうな面持ちとなったために貸本屋は表情を柔らかにし、警戒心を解（と）いたようだ。

「さようでございます」

小石が跳ねて足に当たってしまいまして、と言う貸本屋に心の中で詫びながらも素知らぬ顔で、

「ならば、裏門まで持って行くのを手伝ってやる。気にするな。通りすがったのも何かの縁だ」

明るく語りかけながら、恐縮する貸本屋を手伝い風呂敷に書物を積んでいった。漢書に混じって阿蘭陀(オランダ)文字の書物もある。蘭学を学んでいることも裏付けられた。

「大野さまはずいぶんと書を読まれるのだな。学問好きという評判通りだ」

「殿さまは、それはもう学問に熱心でございます」

四書五経はもとより近頃評判の蘭学者永井青崖に蘭学も学び、阿蘭陀文字も読めるそうだ。

書物を包むと本屋は背負い直した。解けぬよう力一杯に結ぶ。その間、小幡は背後に回って風呂敷包みを両手で支え、大野左京の人柄を問いかけた。貸本屋は親切で人の好さげな侍に気を許したのか、大野の人となりを語った。

大野は文武両道の武士で、奉公人や出入りの商人にも気遣いを忘れない、まことに立派なお殿さまだと貸本屋は繰り返した。

ふと、風呂敷に子供向けの絵双紙がなかったことに気づいた。大野の履歴を思い出す。妻を娶って二十年、大野家に子供はいない。

「大野殿は奥方と二人でお暮しなのか」

「さようでございます。弟さまがおられたのですが、七年程前に御家を出て行かれたそうで……」

貸本屋の言葉尻がしぼんだ。うっかり話してしまったことを悔いたようだ。

純之介から渡された書付には弟のことは書いていなかった。

「弟がおられたのか。家を出て行かれたということはお父上から勘当されたということか」

「事情は存じません」

貸本屋は答えたものの、弟の話題を避けているようだ。気にかかるが、弟のことはまずは置き、

「お父上はどのようなお方であったのだ」

途端に貸本屋の表情が引き締まった。背筋までがぴんと伸びている。

「文武両道とは大殿さまのようなお方を申すのだと評判でございました。殿さまも大殿さまのご薫陶を受け、ご立派におなりになられたのです」

「お父上は厳しいお方であったのだな……。すると、弟殿は……」

弟さまのことに話題を戻したが、

「弟さまのことはよく存じません」

貸本屋は目を伏せ、申し訳なさそうにひょこっと頭を下げてから、話を変えた。

「奥方さまは大層お美しゅうございます」

盛んに妻紗代の美貌を褒め称えた。小幡の関心を弟からそらすために話し始めたのだろうが、語る内に口調に熱を帯びてきた。出入り商人の中には紗代の顔を見たさに用もないのに、御用聞きに訪れる者もいるとか。

妻のことも弟同様に大野の評価とは関係ないが、そこまで美人と聞くと気にかかる。

もっとも、大野は妻を誇ることは決してないどころか、美人妻の話をすると不機嫌になるそうだ。人前で紗代と居合わせる時は無口となり、視線すら交(か)わそうとはしない。夫婦関係が冷えているのか、美人妻を持ち浮(うわ)ついたところを見せたくはないのか、大野左京は無骨な男なのかもしれない。

「奥方さまはお美しく、お優しいだけではありませぬ。和歌がお上手なのです」

貸本屋は紗代への賛美を繰り返した。二首ばかり紗代の詠(よ)んだ和歌を諳(そら)んじたのだが、和歌を嗜(たしな)まない小幡には意味すらわからなかったものの何となく雅(みやび)な風情を感じた。

裏門から貸本屋は屋敷の中に入った。

途端に、

「これは奥さま」

貸本屋の声が聞こえた。

開かれた門の隙間から紗代が見えた。なるほど美人である。紫地の小袖が似合うように武家の妻女の品格を漂わせているばかりか、貸本屋や奉公人に労わりの言葉をかける気遣いぶりだ。匂い立つような笑顔を見れば紗代が出来た妻であると共に慈愛深い優しい人柄であることが窺われた。

四

文月の半ば、純之介と小幡は笹野の屋敷で大野左京に関する報告をした。

お互いの探索結果を書面にして笹野に提出した。

笹野は無言の内に読んだ。

読み終えると小幡の報告書を純之介に、純之介が書いた報告書を小幡に渡し、読むよう命じた。

それによって、お互いの報告を共有したのである。

「大野左京、果たして新番組頭に値する者なのか」

笹野は言った。

次いで、

「小幡、いかに思う」

と、問いかけた。

「出入り商人に確認しましたところ、大野さまはまことに武士の鑑(かがみ)のようなお方だと思います。新番組頭にふさわしいと存じます」

小幡は日頃の茫洋(ぼうよう)な顔つきとは別人のような引き締まった表情で答えた。

「暁はどうじゃ」

笹野は純之介に視線を向けた。

「危うきものを感じます」

純之介は道場で手合わせをした時に抱いた何とも不思議な心持ちを正直に語った。

あくまで純之介の抱いた大野への印象に過ぎないのだが、意外にも笹野は否定はせずに、

「ならば、その違和感の深掘りをしてみよ」

純之介に命じた。

「承知しました」

純之介は両手をついた。

続いて、

「大野と鬼頭玄蕃の間に黒きものはなかったか」

と、まずは小幡に問いかけた。

「わしは大野さまが人格も高潔だと思っておりますので、卑怯なことはしておられなかったと思います」

小幡は言った。嘘偽りのない本音のようだ。

次いで笹野に目を向けられ、

「わたしが抱いた違和感が解消されない限りは鬼頭さまとの繋がりは何とも判断ができないのが正直なところ……鬼頭さまに賂を贈ったとしますと、まずは道場主としての稼ぎを見極めねばなりませぬ。目下のところでは門人船山新之助から聞いた話だけですので」

純之介は答えた。

「船山の話では、稽古料……門人と出稽古を合わせても法外な収入はないようだな」

笹野は純之介の報告書を引き合いに出した。

「そのようです。ただ、表立ってはいない収入がないとは決めつけられませぬ」

純之介が言うと笹野はうなずいたが、

「副収入というと、わしのように朝顔を栽培なさっておられるわけではなし、大野さまに限って、邪な銭金を得ておられるとは思えませぬ」

小幡は抗議するように異を唱えた。

純之介が答える前に笹野が言った。

「妻紗代の実家に借財をした、という可能性はいかに」

「お父上は大野さまと同じく小普請組の米田仁左衛門さまですな。家禄は大野家同様に三百石です」

純之介の話を受け、

「米田さまにはご子息が三人おられます。御屋敷の様子を拝見しましたが庭の手入れは十分でなく、屋根も葺き替えが滞っておりました」

小幡は報告した。

「妻の実家もゆとりがないようだな」

笹野はうなずいた。

意外と言っては失礼だが、小幡は真面目に役目を遂行している。小幡は続けた。

「賂を贈ろうにもその余裕はありません。それに、高潔なお人柄の大野さまなれば贈賄などという卑劣な行いとは無縁ではないでしょうか」

「ならば、何故鬼頭は大野を新番組頭に推挙したのだ」

大野に対するというより、笹野は鬼頭への疑念が晴れないようだ。

「鬼頭さまを探索してはいかがでしょう」

純之介が提言した。

「それもそうじゃが……」

笹野は迷う風である。

純之介は黙った。

笹野の迷いはわかる。

大野左京に関しては新番組頭就任に向けての素行調査である。目付を束ねる若年寄からの命令であろう。

しかるに鬼頭の内偵は笹野の独断となる。

「いや、ひとまず、引き続き大野の行状を調べよ。暁は道場主としての収入の実状、小幡は大野の人となりを更に調べるのじゃ……おお、そうじゃ。大野には勘当されたと思われる弟がおるのじゃな」

笹野に視線を向けられ、

「勘当というのはあくまでわしの推量ですが……」

小幡は返した。

「履歴書には載せておらぬが怪しい。調べよ」

笹野に命じられ小幡は、承知しました、と応じた。

笹野は所用があると座敷から出て行った。

純之介と小幡を残し、二人で今後の探索を話し合えという意図だろう。

純之介は小幡に向いた。

小幡も純之介を見て、

「わしには大野さまに邪な点は見受けられないのです。わしの目は節穴(ふしあな)でしょうかな」

人の好い、茫洋とした顔つきの小幡の言葉には誠実さが感じられる。

「そのようですな」

純之介も受け入れた。

「暁さんは大野さまの剣に邪心を感じられたのですな」

うなずくと純之介は東軍流秘蝶返しを繰り出された経緯を繰り返し語った。真剣な顔つきで小幡は聞いた後、

「申しましたように武芸はからっきしですので間違っておるかもしれませぬが……」

と、考えを述べ立ててもいいのか遠慮がちに純之介を見た。

「お聞かせください」

丁寧に純之介は頼んだ。

「東軍流は戦国の気風を残す流派ですな。ならば大野さまは道場主として、あくまでもそうした東軍流の神髄を受け継いで伝えようとなさっておられるのではござりませぬか。ですから、秘蝶返しは東軍流を極めた武芸者の証と考えられるのでは……」

小幡はあくまで大野を好意的に捉えている。決して安易な見方ではなく、小幡なりの探索に基づいた判断である。それに、小幡の言うことにも一理ある。

「おっしゃることはごもっともなれど、大野さまの下で東軍流を学ぶ船山新之助の剣には邪念が感じられませんでした。それを船山の未熟とも考えられますが……ただ、剣という点からしますと、将軍家兵法指南役の柳生家は当然ながら柳生新陰流です。

柳生家は将軍家の兵法指南役を務めるに当たり、従来の剣法とは異なる剣法に改めました」

純之介が言うと、

「ほほう……」

小幡は興味を抱いたようだ。

「戦国期までは東軍流も顔負けの手段を択ばぬ剣法でありました」

たとえば、と純之介は立ち上がった。

「小幡さん、わたしを追撃してください」

と、声をかける。

「わ、わかりました」

戸惑い気味に小幡は応じると腰を上げた。

「さあ」

誘うように純之介は部屋から濡れ縁に向かった。小幡は追いかけて来た。

濡れ縁に出たところで不意に純之介は屈んだ。

「ああ……」

戸惑い気味に小幡は立ち止まった。

そこで純之介は素早く立ち上がるや振り向き、帯に差した扇子を右手で抜いて小幡の胴を払った。

小幡は口を半開きにした。

「これが戦国の世の柳生新陰流です。柳生新陰流は東軍流以上に実戦重視の剣法でした。戦国の世、戦場での戦いを想定します。よって甲冑武者を相手に太刀で立ち向かいます。敵は甲冑を身に着けているのですから、通常の太刀筋では鎧が防備となって斬ることができません。よって、甲冑の隙間を狙う……」

純之介は身を屈め、敵の隙を見上げるような格好をし、

「ひたすらに突き上げます」

扇子を両手で持ち、身を屈めたまま繰り返し突き上げた。

「いかがですか」

純之介は扇子を帯に差した。

「正直、卑屈な剣法だと思ってしまいますな。ですが、それが戦場での実戦重視の剣法なのはよくわかります。正々堂々とした立ち合い、きれいな型など言っていられませぬ。先ほどの暁さんの技なども騙し討ちのようじゃが、あれが実戦ですな」

得心したように小幡は言った。

「この剣法を柳生家は泰平の世を治める将軍家の剣法とするには適していない、と見映えのよい型を整え武芸としての剣法に変えたのです」

「なるほど、戦国の世のままの東軍流を駆使する大野さまは将軍家をお守りする兵法者には不適任ということですか」

小幡は純之介の考えに理解を示した。

「東軍流はふさわしくはないですが、将軍家の兵法指南役ではありませんので、それだけで不適任とは申せませせぬ。わたしがいま一つ賛同できないのは剣を通じて感じた大野左京というお方の闇です。気のせいかもしれないし、わたしが間違っているのかもしれません。ただ、もう少し探る必要はあると思います」

冷静に純之介は話を締め括った。

第二章　不義密通(ふぎみっつう)

一

笹野の屋敷からの帰途、

「暑いですな」

西に傾いてもぎらぎらと照りかける日輪(にちりん)を小幡は恨めしそうに見上げた。相変わらず残暑は厳しい、というよりもまだ盛夏のような日が続いている。

「いかがですか、暑気払(しょきばら)いに」

小幡は猪口(ちょこ)を傾ける格好をした。朝顔を貰った礼もある。

「さようですな」

純之介は応じた。

「ならば」

いそいそと小幡は歩き出した。

小幡には心当たりの店があるようである。小幡に任せることにした。

小幡に案内されたのは上野黒門町の路地を入ったどんつきにある縄暖簾であった。

暖簾を潜ると、

「小幡の旦那、いらっしゃい」

と、主らしき男から声がかかった。

どうやら、小幡は常連らしい。

土間に大きな縁台が二つ並べられ、そこに腰かけて飲み食いをする。店に詰めかけているのは職人風の男や行商人、無頼の徒なども混じっていた。

安いのが取り柄のざっかけない店である。

実際、酒は湯呑一杯の茶碗酒である。一杯十文である。また、肴は煮豆と谷中生姜だけであった。

「親爺、直しを頼む。冷えている奴だぞ」

気さくに小幡は頼んだ。

「わかりました」

店の主人は快く引き受けた。

「今の時節、直しが美味いですぞ」

小幡は言った。

直しとは焼酎(しょうちゅう)を味醂(みりん)で割った酒だ。上方(かみがた)では柳陰(やなぎかげ)と呼ぶ。冷たい井戸水で冷やして飲むと堪(こた)えられない、と小幡は相好を崩した。

「勝手に直しを頼んでしまいましたが、よかったですか」

小幡は言ったが、よかったも何も主人は直しを持って来た。酒よりも大振りの茶碗に入っている。

「よく冷えている」

小幡は直しが入った湯呑を額や頬に当てた。いかにも心地よさそうだ。

純之介は直しを飲むのは初めてだ。焼酎を飲むことはないのだ。どうも、焼酎特有の臭みが鼻について受け入れられなかったのである。

ところが、直しはその臭みを味醂が消してくれ、尚且つ味醂特有の甘味があって飲みやすい。冷えた直しは熱の籠もった口中(こうちゅう)を癒してくれる。

「いかがですか」

小幡に確かめられ、

「いけますな」

正直な思いである。

「それはよかった。無理強いをしてしまったようで」

「初めてですが、これは病みつきになりそうですぞ」

純之介は気遣いではなく本音を返した。

小幡は谷中生姜と煮豆を頼んだ。

「ただ、暁さん。飲み口がいいのでついつい飲み過ぎてしまうと大変です。腰が抜けてしまって立てなくなりますからな。もちろん、二日酔いで仕事にはなりませんぞ」

おかしそうに小幡は笑った。

純之介はうなずいた。

谷中生姜と煮豆が運ばれて来た。谷中生姜には酢味噌が添えてある。

「どうぞ」

と、小幡に勧められ純之介は谷中生姜を酢味噌に付けて食べた。かりかりとして苦味と酢味噌がうまい具合に混ざり合い、直しにはぴったりである。

思わず相好が崩れた。

しばし雑談、といっても一方的に小幡が語り続けた。小幡は変化朝顔の栽培について熱心に語った。取り立てて朝顔に興味のない純之介は適当に相槌を打ちながら飲み食いを続けた。

話が途切れたところで、

「今回のお役目、わしには大野左京というお方、笹野さまにも報告しましたように武士の鑑としか思えないのです。わしの目がおかしいんでしょうかな」

小幡は自信がない、と本音を吐露した。

「ご自分の目を信じることです。自分の目を信じねばこの役目は遂行できません」

という純之介の言葉に、

「そうですな……あ、いや、おっしゃる通りです」

小幡はぺこりと頭を下げた。

「いや、偉そうなことを申しました。若造の戯言だと聞き流してくだされ」

純之介も頭を垂れた。

「暁さんは実にできますな。信念をお持ちだ。大したものです」

小幡の賛辞に対し、

「わたしは嫌われております。融通が利きませんからな」

冷めた口調で純之介は言った。

「そんなことはないでしょう」

小幡は頭を振ったが、

「嫌われておっても、それでよいと思います。嫌われるのは役目柄やむを得ませぬ」

酔いが回ったせいか日頃、腹に仕舞っていることを吐露した。

「そうですな……いや、その、暁さんは覚悟を持って役目に当たっておられるのですな」

己を恥じるように小幡は自嘲気味な笑みを浮かべた。

次いで、

「あ、いや、これは失礼した。酒がまずくなりましたな」

小幡は手で頭を掻いた。

純之介はうなずき、ぐいと直しを飲んだ。なんだかほんわかとした気分になった。探索中はぎすぎすとしているものだが今日はなんだかほのぼのとした。小幡大五郎という男の醸(かも)し出す安心感がそんな思いを抱かせるのだ。

「ところで、直参(じきさん)小僧をご存じですか」

唐突(とうとつ)な問いかけを小幡はした。

「直参小僧……」

　呟いてから盗人であるのを思い出した。旗本屋敷ばかりを狙った盗みを繰り返すことから、直参小僧の二つ名で呼ばれている。

「直参小僧がどうしましたか」

　純之介が問い直すと、

「笹野さまはやきもきなさっておられるそうですぞ」

　小幡は言った。

「未だ捕まっておらぬのですからな……やはり、町方には任せられぬのですか」

　漠然(ばくぜん)と純之介は問いかけた。

「町奉行所の与力、同心が屋敷内に立ち入るのを嫌う旗本は多いですし、旗本の体面もありますからな。目付の皆さまは意地にかけて直参小僧をお縄にしようと躍起(やっき)になっておられます」

「ならば、われらにも直参小僧捕縛の役目が与えられそうですが……」

　純之介は疑問を抱いた。

　すると小幡は肩をそびやかし、

「それでござる……笹野さまはご自分が直参小僧捕縛に動きたいのでしょうが、どうもその役目からは外されているようなのです」

と、ぼそぼそとした口調で言った。

「そうなのですか」

正直、あまり関心がない。笹野が外されているのは政治的な事情であろう。直参小僧の跋扈は旗本の不名誉、いつまでも捕縛できないとあれば目付の責任を問われる。だが、反面、直参小僧を召し捕れば大きな手柄だ。

向上心の強い笹野であれば、捕縛の役目を担いたいのだろうが、外されたということは笹野に手柄を立てさせたくない同僚の目付たちと、上役である若年寄の思惑が働いているのかもしれない。

「よくご存じですな」

皮肉ではなく純之介は小幡の事情通ぶりに関心を示した。

「こうした噂話というのは嫌でも耳に入ってきますよ」

小幡は笑った。

純之介は耳にしない。

親しい徒目付はいない。とっつきにくい、融通が利かない男で通っている純之介と親しむ朋輩はいないため、醜聞や噂など耳に入ってこないのだ。人徳のなさに苦笑を禁じえないが、今更己の行いを改めようとは思わない。

ともかく、直参小僧捕縛に関わることはなさそうだ。

「こんなことを申しては徒目付失格ですが、探索から外されてほっとしておりますぞ。直参小僧捕縛を担う目付配下の徒目付は夜回りをさせられておりますからな。旗本屋敷が建ち並ぶ区域を割り当てられて連日の夜回りだそうです。そうなったら、酒なんぞ飲んでおられません」

冗談めかして笑ってから小幡はうまそうに直しを飲んだ。

「すみませぬ、厠に」

純之介が腰を上げると小幡が厠の場所を教えてくれた。

純之介は用を足してから主人に勘定をした。

小幡も立ち上がり、勘定を支払おうとしたが純之介が払っていたのを知り、恐縮しきりとなった。

「朝顔のほんの礼です」

純之介は言った。

表に出た。

昼間は茹だるような暑さだが、日が暮れると風に涼が感じられた。

今、この時も夜回りをしている朋輩がいると思うと純之介はほろ酔いに身を委ねることに後ろめたさを感じた。

小幡は純之介の大野左京に対する疑念が頭を離れない。

申し分のない人柄であると信じただけに純之介の意見に戸惑いを覚えた。じっくりと話を聞いてみると純之介の疑念が理解でき、改めて大野の身辺を調べてみようと思い至った。

これほど役目に熱心に取り組んだことはしばらく覚えがない。人のあら探しのような役目に積極的になれなかったからだが純之介と共に役目を担い、取り組む姿勢が変わった。

あら探しではない、きちんとした探索を純之介は行っている。そんな純之介を見て、小幡は自分が徒目付の役目から逃げていたのではと悔いたのだ。

そんな思いで大野屋敷の周辺の聞き込みを繰り返した。

夕暮れ近くになって先日の貸本屋が通りかかった。目と目が合い、

「これは、先だってのお侍さま」

貸本屋は小幡を覚えていた。

「おお、そなたか。この暑いのにご苦労なことだな」

小幡は気さくに声をかけた。

「いやあ、商いですので」

貸本屋は言いながらも手拭で汗にまみれた顔を拭った。

「どうだ、暑気払いに軽く。なに、近頃流行りの草双紙を知りたいのだ。一杯飲みながら話を聞かせてくれ。もちろん、わしの奢り（おご）だ」

小幡の誘いに貸本屋は躊躇（ためら）いを示したが、

「美味い直しがあるのだ」

と、笑みを深めると貸本屋は誘いに乗った。

行きつけの縄暖簾で小幡は貸本屋と直しを飲んだ。貸本屋は三次郎（さんじろう）というそうだ。三次郎は酒が好きなようで一口飲むとすっかり表情を和らげ、くつろいだ様子となった。

小幡は評判の草双紙についてあれこれと聞き、男女の恋模様について描いた作品に話が及んだところで、

「そういえば、大野さまの奥方、おきれいな方だったな」

と、裏門の隙間から屋敷内を覗いたことを打ち明けた。ほろ酔いとなった三次郎は相槌を打ち、

「ほんと、できた奥方さまでございます。良妻賢母……あ、いや、お子がいらっしゃらないので賢母とは申せませんが……お気の毒なことでございます」

三次郎はしんみりとなった。

子を産んでいないことが紗代の良妻ぶりに影響しているのでは、と小幡は思った。子を産んでいない引け目が夫への献身を高めているのではないだろうか。

「養子を迎えればよいではないか……おお、そうだ。勘当された弟御がおられたな」

小幡が言うと、

「右京さまです」

三次郎は呟いた。

「勘当されたとあっては養子に迎えるわけにはいかぬな。第一、所在も不明なのではないか」

小幡が言うと、

「所在はわかっておりますし、時折大野さまの御屋敷に遊びにもいらっしゃります」

意外なことを三次郎は言った。

勘当を言い渡した父親が他界し、元来兄弟仲が良かった左京と右京は交流しているのだそうだ。

純之介は小幡から大野左京の弟についての聞き込みの成果を聞いた。小幡は大野家に出入りしている貸本屋に酒を奢り、弟の素性(すじょう)を聞き出した。

「お手柄ですな。ならば、弟の住まいまで行かれたのか」

純之介は誉めてから弟の素性を確かめた。小幡はばつが悪そうな顔で、

「博徒(ばくと)なんですよ。薬研堀(やげんぼり)で賭場(とば)を開帳しております。それで、大変に恐縮なのですが……」

どうやら、賭場まで確かめに行くのを躊躇っているようだ。

「わしはどうも博徒とかやくざ者は苦手で……こればっかりは急に得意にはなれませんでな」

小幡は純之介に頼みたいようだ。

「わかりました。わたしが賭場に行き、弟に会ってきます。小幡さんが素性を確かめてくれたのです。後はお任せください」

純之介が引き受けると小幡は安堵の表情で礼を述べ立てた。

「かたじけない。それで、その弟、右京というそうですが……」

博徒に身を持ち崩した弟は勘当されたのに大野屋敷に出入りしている。大野左京は質実剛健を旨とし、贅沢を遠ざけている。船山新之助の話を信じれば剣術道場でも大野は不当な利は得ていない。

それにもかかわらず鬼頭玄蕃から新番組頭の推挙を受けた。鬼頭は賂次第で推挙する金の亡者である。そんな鬼頭に推挙された訳は法外な賂を贈ったのだろう、と笹野は疑っている。笹野は大野の贈賄を切り口に鬼頭を追いつめたいのだ。

勘当の弟を屋敷に出入りさせているのは博徒であるからではないのか。ずばり言えば賭場から得た収入を鬼頭に賂として贈ったのではないか。

確かめずにはおけない。

二

純之介は大野左京の弟が営んでいるという賭場にやって来た。

空色の小袖を着流すという略装である。

両国橋（りょうごくばし）の西詰から大川に沿って南下すると薬研堀に出る。町の形が薬材を擂（す）る薬研に似ていることから名づけられた。

花火が夜空を彩り、薬研堀の表通りは大勢の男女が行き交っている。花火を見物したり、夜店を冷やかしたり、涼を求めてそぞろ歩きをしたり、各々が夏の夜を楽しんでいる。

裏通りを入ると稲荷（いなり）があった。鳥居を潜り境内を進む。拝殿の裏手に至ったところで賭場の喧騒（けんそう）が聞こえた。

板葺き屋根の一階家が賭場のようだ。玄関に二人の男が立っている。一人は小太り、もう一人は痩せぎすだ。だらしなく小袖を着崩した目つきのよくない男たちだ。賭場で働くやくざ者であろう。

純之介が近づくと、

「お侍、どちらへ行かれるんですか」

と、小太りの男が純之介の前に立った。

「決まっているだろう。賭場だよ」

純之介は右手で男の胸を突いた。男はよろけ、もう一人にぶち当たった。

「何しやがる。侍だからってでけえ面（つら）するんじゃねえぞ」

小太りは懐に呑んでいた匕首（あいくち）を抜くと脅すようにちらつかせた。痩せぎすも腕捲りをした。

「ならば、親分の右京を呼べ。右京と話ができればそれでよい」

動じずに純之介は言い返した。

「親分に何の用だ」

小太りは純之介をねめつけた。

「おまえの知ったことか。早く呼べ」

「舐めやがって」

男は匕首を構えた。

「馬鹿めが」

いきなり、純之介は男の手を摑んだ。次いでねじり上げると男は顔を歪め、匕首を落とした。痩せぎすが、「野郎！」と怒声を飛ばしながら飛びかかって来た。

純之介は小太りの男を突き飛ばした。二人はぶつかり、もんどり打って地べたに転がった。

怯えたような顔つきで地べたを這いずる二人に一瞥（いちべつ）を加えると、純之介は引き戸を開いて中に入った。

百目蠟燭(ひゃくめろうそく)が灯された座敷に用意された盆茣蓙(ぼんござ)の周囲には商人ばかりか僧侶や武士もいる。みな、目をぎらつかせ、まさしく鉄火場(てっかば)の様相を呈していた。勝負の行方に一喜一憂する者たちの嬌声(きょうせい)とため息、駒が動く音で賭場の空気はぴんと張り詰めている。

帳場を預かっている男が、

「お侍、おいくら用意致しましょうか」

「博打(ばくち)はせぬ」

純之介が言うと、男は首を傾げ、

「博打をなさらねえで、一体、何をしに……。まさか、手入れですか」

客を慮(おもんぱか)ってか男は声を潜めた。

「はやまるな。おれは、右京親分に会いに来たんだ。親分を出してくれ」

純之介も小声で頼む。

「親分にですか。失礼ですが、お侍、親分を御存じなんで」

「親分と会ったことはない。おれの名前を出したところで、親分は知らない男だと会おうとはしないだろう」

純之介は一分金を男に握らせた。

金を受け取ると男の表情は柔らかになった。それでも、警戒を怠ることはなく、

「お侍、どうやってうちの賭場を知ったんです」

「親分の兄さんに教えてもらった。いいから、早く親分に取り次げ」

純之介は男を睨んだ。男は威圧されるように首をすくめて腰を上げると、精一杯の抵抗を示すように足音高らかに奥へ向かった。

板敷にあぐらをかき賭場の喧騒を聞きながら純之介は右京を待った。程なくして一人の男がのっしのっしと大股に歩いて来た。

男は爪楊枝を横咥(ぐわ)えにし、小袖を着流して、派手な龍(りゅう)の文様(もんよう)を描いた長羽織を重ねている。長羽織の裾は膝まであった。身形(みなり)は博徒の親分そのものだが、顔は左京の面影があった。三つ年下だそうだが、武士を捨てたとあってすっかり博徒が板に付いている。

「兄貴を知っているのか」

ぶっきらぼうに右京は声をかけてきた。左京とは大違いの伝法(でんぽう)な物言い、まさしく博徒の親分である。会うまでは左京の弟として接するべきと思っていたが、博徒の親分に成り切っているからには言葉遣いを丁寧にすることはあるまい。

「ま、ついてきな」

純之介の返事を待たず、右京は歩き出した。

奥に向かう廊下を進む。右京の足元を子分の一人が手燭で照らしていた。やがて、襖に閉ざされた部屋の前に立ち止まると、

「ここだ」

右京は乱暴に襖を開けた。

殺風景な部屋だ。博打に飽きた客たちが飲み食いをする場であるらしい。さっと右京は身を入れ、どっかと座った。純之介も向かいにあぐらをかく。

小袖の腕を捲り、ぼりぼりと右京は掻いた。

「勘当されたと聞いたが、その訳は」

純之介は右京を見据えた。

「なんだ藪から棒に……あんた、何者なんだ」

右京は警戒心を呼び起こした。

「徒目付暁純之介と申す」

「徒目付さんかい。へ〜え」

品定めをするように右京は純之介を見返す。

それから、

「徒目付がおれに何の用だ……ひょっとして兄貴の身辺を嗅ぎ回っているのか」

「どうしてそう思う」

純之介は問い直した。

右京は純之介から視線をそらし、

「徒目付さんが賭場の手入れをするとは思えねえからな。ま、それはいいや。おれは兄貴や大野家とは無関係な男だ。勘当された訳はご覧の通り、無頼の連中とつるんで放蕩(ほうとう)を尽くしていたからだよ。親父に嫌われたって訳だ。勘当されて清々したさ。兄貴と違って堅苦しい侍の暮らしはまっぴらだからな」

右京は笑い飛ばした。

それは本音だろう。

「近頃、大野家の屋敷に出入りしておるようだな」

純之介は淡々と問いかけた。

「三年前に親父が死んで線香を上げに行ったんだ。勘当の身でも供養の一つくらいはしようって気になってな」

それがきっかけで大野家に出入りするようになったそうだ。

「兄貴と語らっているとな、片意地張らなくていいんだ。賭場を仕切っていると舐められちゃいけないって気を張り通しだからな。兄貴は兄貴で盛り場とか賭場の下世話な話を面白がって聞いてくれるよ」

兄弟仲はいいようだ。武士道を重んずる大野左京も弟を相手にしている時は憩うのかもしれない。旗本の当主、博徒を束ねた無頼の徒、水と油の二人だが、絆は強そうだ。

「邪魔した」

純之介は小部屋を出ると帳場に向かった。賭場の上がりを大野に提供しているのかは確かめようがない。訊いたところで右京は正直な答えなど返さないだろう。ただ、右京が大野を兄として慕っているのは感じられた。

日を改め、右京から大野への金の流れを調べよう。

帳場を預かっていた男が、

「常蔵っていいます。今後ともよろしくお願い致します」

と、丁寧に挨拶をした。

純之介を右京の客人と思ったようだ。

純之介はうなずくと表に出た。痩せぎすと小太りの二人がぺこぺこと頭を下げ、純之介を見送った。

三

文月の二十日、純之介と小幡は笹野から火急の呼び出しを受けた。

笹野の視線は定まらず、いかにも危機感を抱いているようだ。純之介と小幡を見て、

「直ちに大野左京の屋敷に赴け」

と、命じた。

その只ならぬ様子に純之介は事情を知りたくなった。笹野も唐突さを思ったようで居住まいを正して話を続けた。

「大野左京から妻と門人を手討ちにした、という届け出があった」

すると、

「えええええっ、まことですか」

小幡が驚きの表情と共に声を発した。

「わしは、嘘は吐かぬ」

淡々と笹野に返され、

ぺこぺこと頭を下げ、

「ご無礼を申し上げました……その、お手討ちとはいかなる訳ですか」

小幡は問い直した。

「それを確かめ、手討ちの吟味を致せ」

どうやら、大野は妻と門人を手討ちにした、とだけ届けたようだ。それだけの話で迂闊な決め事はできないが、推測できるのは妻と門人の不倫であった。

そのことを小幡も思っているのだろう。小幡は大野の妻である紗代を武家の妻の鑑だと絶賛していた。

「わしは見る目がない」

小幡の言葉が思い出される。

「では」

純之介は腰を上げた。それを見て、小幡も立ち上がる。笹野は苦虫を嚙んだような表情となった。

純之介と小幡は大野の屋敷にやって来た。

道々、小幡は紗代が不義密通をしたなど信じられないと繰り返した。良妻、貞淑、心優しい、奉公人、出入り商人にも気遣いを忘れない、そんな誉め言葉を小幡は言い立てた。

うなずきながらも純之介は敢えて聞き流した。紗代への先入観は捨てるべきだ。

御殿の客間に通される。

道場が閉じられているため、屋敷内は静かだ。庭に奉公人の姿も見受けられない。

大野は純之介を見て怪訝な表情を浮かべた。

「貴殿……徒目付であったのか」

大野は言った。

純之介は素性を偽って道場で手合わせをしたことを詫びた。それについて大野はそれ以上は問題にせず、

「妻と門人を手討ちに致した」

と、冷めた口調で告げた。

「お手討ちにされた訳をお訊かせください」

小幡が驚きの表情で問いかけた。

「不義密通である」

沈着冷静な大野の口調がわずかに乱れた。怒りや恥辱を押し殺しているのかもしれ

ない。予想していた答えだが、本人の口から耳にすると純之介は複雑な思いに駆られた。

「奥方と門人が不義密通に及んでおったと……」

小幡は純之介を見た。

「門人とは」

冷静に純之介は問いかける。

「船山新之助と申す者」

大野は言葉を止めた。

「船山殿ですか」

先だって道場で手合わせをした若者である。師である大野には及ぶべくもないが修行を積めば一廉(ひとかど)の剣客になるという思いを純之介は抱いたのだった。

「左様」

素っ気(そけ)なく大野は答えた。

純之介の驚きは深まった。手合わせをして実に好感を抱いたのだ。船山の剣は実に伸びやかで素直であった。邪道(じゃどう)な剣ではなかったのだ。小幡ではないが、自分の目が曇っていたのか。小幡が紗代の不義密通を信じられないのと同様、純之介は船山が間(ま)

男をしていたとは思えない。

いや、自分の判断などはどうでもいい。船山と紗代が不義密通の関係にあったのが事実かどうかはわからないが、大野はそれを名目に二人を斬った。

名目という言い方はおかしいのだろうか。

「亡骸を検分できますか」

純之介は申し入れた。

「むろんのこと」

大野は腰を上げた。

純之介と小幡は大野の案内で屋敷の裏手にやって来た。道場の近くに人の形に盛り上がった筵がある。

大野は無造作に二つの筵を取り払うと小幡が経文を唱え始めた。純之介も手を合わせ、二人の冥福を祈る。

小幡は経文を唱え続けている。亡骸の検分は純之介に任せたいのだろう。二人がかりで検死をすることもなかろう。

純之介は亡骸の側に屈み、亡骸を検めた。

紗代は咽喉を刃物で刺し貫いていた。傍らに懐剣が置いてある。切っ先が血に染まっていた。純之介は懐剣を取り上げ、紗代の傷口に照らし合わせた。合致しているのを確かめてから、

「自害なさったのですか」

純之介は大野を見上げた。

「いかにも」

大野は唇を噛んだ。

次いで純之介は船山の亡骸を検めた。

紺の道着姿の男がうつ伏せに倒れている。顔を見なくても六尺程の巨体とあって船山新之助であるのは明らかだ。船山は背中を袈裟懸けに斬り下ろされている。道着を脱がせて検めてみると傷はそれだけであった。

船山の右肩から背中にかけて斬り下げた太刀筋は東軍流の秘剣秘蝶返しではない。

「大野さまが斬ったのに間違いございませぬな」

純之介は念押しをした。

「左様」

短い言葉で大野は認めた。

純之介は立ち上がった。

「お手討ちの経緯をお聞かせください」

純之介は頼んだ。

大野はうなずいてから、

「まこと、恥ずかしきことゆえ、語るだに貴殿らの耳を汚すことになろうと存ずるが」

気遣いを示すと、

「役目でございます」

純之介が返すと小幡もうなずく。

「ならば……」

大野は息を調(ととの)えてから語り始めた。

紗代と船山が不義密通に及んでいると気づいたのは一昨日であった。道場の裏手で船山と紗代が文(ふみ)を交換しているのに気づいたのだそうだ。夜になってその文を紗代に見せろと迫ると、紗代は船山との不義密通を認めたという。

「認めた上で紗代は自害をした。止める間もなかった」

大野は唇を嚙み締めた。押し殺したような声音が大野の無念を伝えている。不義密通が明らかになった以上、船山を見過ごすわけにはいかなくなった。

「昨日、稽古を終えてからわしは船山に残るよう申し付けた。わしは平静を保っていたつもりであったが、船山の目にはわしの動揺が映ったのかもしれぬ。用向きを察した様子であった。門人どもが帰ってからわしは船山を連れ裏庭に向かった」

裏に紗代の亡骸が横たえてあった。紗代の亡骸の前で大野は船山に不義密通を問いかけると船山は認めた。

その場で大野は船山と勝負した。

船山は手討ちにしてくれと頼んだが、大野は敢えて彼にも真剣を取らせ勝負に及んだ。

「その結果、わしは船山を手討ちにしたのだ」

大野は語り終えた。

「よくわかりました」

小幡は感嘆のため息と共に答えた。大野は無言で小幡に一礼をした。小幡はちらっと純之介を見た。

事情はわかったから、お暇しようと目で言っている。しかし、純之介には疑問がある。船山新之助という若者が不義密通をしたということが信じられないのだが、それはあくまで純之介の抱く船山への思いに過ぎない。

徒目付として問題にしなければならないのはあくまで事実だ。

「大野さま、船山殿の背中を斬っておられますな」

と、問いかけた。

「いかにも」

恥じ入るように大野は純之介から目をそらした。

「何故、背中を斬ったのですか」

純之介は問いを重ねた。

「貴殿は、武士たる者、背中を斬るとは卑怯未練だとお考えなのだな」

大野は言った。

「左様」

今度は純之介が短く答えた。

「船山の名誉のために触れなかったのであるが、わしが船山の背中を斬ったのは……船山が逃げ出したからなのだ」

視線を純之介に戻し、大野は語った。

「逃げた……」

純之介は首を捻った。

「真剣で立ち合い、畏れをなしたようだ」

言葉足らずと思ったのか大野は言い添えた。

「畏れを……道場にてわたしは船山殿と手合わせをしましたが、実に優れた剣客でした。敵に背中を見せるような卑怯未練さは感じられませんでした」

純之介は疑問を深めた。

大野は平然と、

「道場の剣と実戦の剣とは違う。別物と言っていいだろう。道場はあくまで稽古、真剣勝負は命のやり取りである」

と、自信満々に断じた。

小幡は深くうなずき、

「なるほど、そうしたものでしょうな。わしは、剣はからっきし苦手ですが、何となくわかりますぞ」

と、理解を示した。

純之介は得心のゆかない顔を変えずにいると、

「暁殿、人を斬ったことがあるか」

大野は問うてきた。

「あります」

純之介は即答した。

嘘ではない。夜道を歩いていたら南町奉行所の捕物に遭遇した。神田明神下の米屋に押し入った盗賊一味を捕縛しようとしたのだが数人が逃亡を計った。行きかかった純之介は盗人たちの前に立ちはだかった。

「大人しくお縄になれば命は取らぬと申したのですが……」

盗人は三人だった。

各々、長脇差を手にしており三人がかりであれば純之介を殺せると思ったようだ。いや、命を奪うまではいかずとも深手を負わせ、逃げ切れると判断したのかもしれない。

三人が斬りかかって来ると同時に純之介は抜刀し、各々の右手、脛、肩を斬った。殺しはしなかったが彼らの戦闘能力を奪うには十分な打撃を与えた。

「なるほど、殺してはいないが、貴殿の腕ならさぞや見事な剣戟であっただろう。夜道、不意に現れた三人の盗人相手に冷静な剣を振るえるとは大したものじゃ」

道場での手合わせから大野は納得した上で賞賛した。

純之介は一礼してから、

「念のため、確認致します。船山殿は真剣勝負に怖気づき、逃げ出そうとしたのでやむなく背中を斬った、と申されるのですな」

純之介は念を押した。

「背中を斬ることはわしにも躊躇いがあった。しかし、妻と不義密通に及んだ者を見過ごすわけにはいかなかった」

苦渋の表情で大野は述べ立てた。

小幡が、

「お辛かったでしょうな。船山殿は門人、いわば飼い犬に手を嚙まれたようなものでしたな」

と、同情を寄せた。

大野は正面を見据えた。

「では、報告書にまとめ、目付笹野平右衛門さまに届けます」

小幡が言った。

「めんどうをかける」

大野は軽く頭を下げた。

「船山殿のお宅を教えてくだされ」

純之介は頼んだ。

大野はうなずくと、懐紙に筆で書き記してくれた。

「かたじけのうございます」

純之介は受け取った。

小幡は帰ろうとしたが、

「あと一つ、確かめたいのですが」

純之介は言った。

小幡はおやっとなったが、

「船山殿からご妻女に渡された文をお見せください」

慇懃（いんぎん）に純之介は頼んだ。

小幡は無礼だと感じたようで目を白黒させている。

大野は小さくため息を吐いてから、

「燃やした」

と、吐き捨てるように答え、不快ゆえ二度と目に触れないよう燃やした、と言葉を添えた。

「ごもっともな行いですな」

すかさず、小幡は言った。

それ以上は追及をせず、純之介は船山の亡骸に屈み、着物の袖を検める。右手を差し入れて財布を取り出すと、中を確認した。銭と金貨があるばかりで文や書付はない。袖や帯を探ったが文や書付の類は見つからなかった。

純之介の狙いを察した小幡が、

「恋文を持ち歩きはしないでしょう」

と、声をかけた。

「そうですな」

純之介はうなずいた。

四

大野の屋敷を後にした。

「不義密通による手討ちで間違いないでしょう。問題はこれが新番組頭登用に影響するかどうかですな」

大野の口から紗代の不義密通を聞かされ、小幡は紗代への失望を感じたのか、興味は手討ち騒動から離れたようだ。

対して純之介は、

「まず、今回の手討ちの一件をしかと確かめなければなりませぬ」

と、釘を刺した。

「明々白々ではありませんか」

小幡は細い目を見開いた。

「いや、随分と謎めいております」

純之介は異を唱えた。

小幡は首を傾げた。

「どうしても引っかかります。まず、船山殿が不義密通をしていたということ、次に大野さまは船山殿の背中を斬ったこと、それに、船山殿が紗代さまの文を持っていなかったとのことです。これには船山殿のお宅を探さねば、と思いますが」

純之介の疑問に、

「船山殿の人となりを知らぬゆえ、不義密通をするかどうかはわかりませぬ。大野さまが船山殿の背中を斬ったのはご本人が証言なさったように、船山殿が逃げようとしたからでしょう。それから、文についてですが、わしには明白ですな。たとえば、船山殿が紗代さまの文を持っていなかったのがそんなにも奇異なことでしょうか」

小幡は首を捻った。

「その点ですが、小幡さんの探索で紗代さまは和歌がお上手、お得意ということでしたな」

純之介の問いかけに、

「その通りです」

答えてから、小幡はそれがどうしたという顔をした。

「ならば、船山殿に送った文には和歌がしたためられていたでしょう。和歌に恋心を詠むのは定番ですからな。船山殿も紗代さまを慈(いつく)しんでおられたのなら、受け取った和歌の返歌を持って会いにゆくのではないですかな。あるいは、自宅には紗代殿の和歌が取ってあるのかもしれませぬが」

「そうですかな。古(いにしえ)の平安(へいあん)の都の公達(きんだち)であれば、恋い慕う女性に会いに行く際に、返歌の一つも持ってゆくでしょうが、武家がそうしたことをしますかな。不義密通ですぞ。秘められた行いをせねばならないのです。ですから、何も証など身に付けないのではないですかな」

「しかし、大野さまの屋敷で紗代さまとの逢瀬をしたのです。文どころか逢瀬そのものが不義密通の証ではござらぬか」

納得ができない、と純之介は文の有無に拘った。

「それはまあ、そう考えられなくはないですな」

小幡も渋々理解を示した。

「そして、何より、大野さまが船山殿の背中を斬ったことです」

「ですから、それは……」

小幡はむっとした。

「船山殿が逃げた、ということでしたな」

純之介に指摘され、

「そうですぞ。大野さまはやむなく背中を斬ったのです。これは揺るぎのない事実でござろう」

「そうですな。一見してもっともな話です。ですが、どうも引っかかる……何故なら、船山殿の傷口ですが右肩が深々と斬られていました」

「ほほう……」

　自分は検死をしていなかったがために小幡は判断ができず、逆に興味を抱いたようだ。

「しかるに船山殿は六尺近い背丈、大野さまは五尺そこそこの背丈でござる。船山殿が逃げたとしたら、大野さまは追いすがった。追いすがりながら袈裟懸けに刀を斬り下げたのなら、肩口の傷はあんなには深くはならないでしょう。また、斬った現場の周辺ですが足跡の乱れはなかったのですぞ」

　淡々と純之介は説明を加えた。

「……ふ〜む、言われてみれば」

　小幡も疑念を抱いた。

「どうも、わたしは納得できませぬな」

　純之介は言い添えた。

「しかし、それは、まあ、確かに奇妙な点だとは思いますが、……何事も明確な所業は中々ないものと思いますぞ。不義密通による手討ちは揺るがないのではないですかな」

　うまく言えませんが、と小幡は手で頭を掻いた。人の好さそうな顔で反論されると

気が削がれそうになるが、

「いや、違います。不義密通による手討ちではなかった可能性を疑わせるに十分です」

純之介は言った。

「まさか」

小幡は信じられない、というように細い目をしばたたいた。

「根底(こんてい)から覆(くつがえ)るかもしれませぬぞ」

純之介は言葉を添える。

「いや……」

小幡は大いなる戸惑いを示した。

「暁さんは大野さまの手討ちを不義密通によるものではない、と笹野さまに報告なさるのですか」

「その点を見過ごしにはできない、と報告致します」

「しかし、不義密通による手討ちではないとしたら、一体どうして妻と門人を……いや、そもそも、紗代さまは自害をしているではないですか……ひょっとして、暁さんは紗代さまが自害したこともお疑いなのですか」

小幡は恐怖心すら抱いたようだ。

「疑うに足ると思いますな」

平然と純之介は答えた。

「まさか、それはちとばかり、うがち過ぎではないですかな」

小幡は懐疑的である。

「わたしの勘繰り過ぎということであればよいのですが、それではすまないような気がするのです」

純之介は言った。

「ふ～む、どうもわしにはわからん」

ぼやくように小幡は首を左右に振った。

「わたしにもわかりません。ただ、言えることは今回の一件には表には出ていない真実が隠されているような気がするのです」

「なんだか、判じ物のようですな」

小幡は苦笑した。

「いかにも判じ物ですな」

純之介は話を合わせた。

「考え過ぎなのではありませぬか」

「そうかもしれません。考え過ぎるのはわたしの悪い癖ですからな」

苦笑混じりに純之介は認めた。

「暁さんは真面目なんですな」

小幡は微笑んだ。

真面目と事件の真相探索は関係ないと思うのだが、それは口に出さないことにした。

「では、笹野さまへの報告はどうしますか」

改めて小幡に問われ、

「小幡さんはご自身の見解を書面にしたためて上申なさるがよろしかろう。わたしはわたしの考えを書き記します」

当然のように純之介は答えた。

「そうですな」

小幡はうなずいた。

「わたしは深入りしてみようと思います。今回の一件の真実を明らかにすることは、大野左京という人物を明らかにすることになるのだという気がします」

純之介の言葉に、

「なるほど」

納得はできたようだが、小幡はどうしていいのかわからないようだ。

「人には各々、表沙汰にはできないことがあるものです。それゆえ、人は面白いのです……あ、いや、年輩の小幡さんに説教じみたことを言ってしまいました」

純之介は軽く頭を下げた。

「言い得て妙ですな」

小幡は言った。

明くる日の昼、純之介は船山新之助の屋敷を訪ねた。

船山の屋敷は芝三島町の横丁を入って軒を連ねる一角にあった。

応対は母親の美代が当たった。船山家は美代との二人暮らしであった。

美代は悲痛な顔で純之介を迎えた。

純之介は素性と訪問目的を明かした。

「まこと、大野さまには申し訳なく……目をかけて頂きながら、このような失態を」

美代はひたすら大野に対し申し訳なく思っているようだ。

「わたしは船山新之助殿と大野先生の道場で手合わせをしたことがあります。とても、素直で邪心のない剣でありました。想像するに、新之助殿は孝行息子であったのではないですか」

優しく純之介は問いかけた。

美代は頬を緩め、

「母親のわたくしが申すのは手前味噌ですが、新之助は、それはもう孝行でした」

十年前に父を亡くし、新之助は剣の修行と共に庭で野菜を栽培して暮らしの足しにしていたのだそうだ。

「答え辛いのを承知でお訊きします。大野さまの奥方との不義密通、信じられますか」

ずばり、純之介は問いかけた。

美代は面を伏せていたがやがてがばっと顔を上げ、

「信じられませぬ。あまりにも唐突と申しますか、わたくしは大いに戸惑っています」

本音であろう。

それから、

「すみません。母親の欲目かもしれません」

と、申し訳なさそうにお辞儀をした。

「構いませぬ。わたしは本音を聞きにきたのです。それでよいのです。ところで、新之助殿の所持品を見たいのですが」

純之介の申し出に、

「どうぞ。まだ、新之助が暮らしておったままにしております」

美代は新之助の死を受け入れられないのだろう。美代の案内で純之介は新之助の居室に入った。

きちんと整理整頓された清潔な部屋である。それはそのまま新之助の人柄を物語っているようだ。

美代は遠慮して部屋を出て行った。

部屋には文机(ふづくえ)と柳行李(やなぎこうり)が三つ、書棚が二つあった。文机の上には文箱(ふばこ)と帳面があった。帳面は日誌であった。

純之介は一礼して日誌を開いた。几帳面な文字で暮らしが記してある。内容を見ると剣術の稽古について多く書かれている。その日の稽古で何をしたか、手合わせ相手との詳細、反省点が書き連ねてあった。

純之介との手合わせも書いてある。

ていた。

純之介を練達の武芸者と評しており、太刀筋の速さと正確さについて特に高く評し

面映ゆい思いと純之介が素性を偽っていたことを後ろめたく思った。

概して稽古についての記述は師である大野左京への尊敬の念に溢れている。その大野の妻との不義密通……。

日誌は純之介が道場破りのふりをして探索に乗り込んだ三日後に終わっていた。日誌を閉じようとしたところで純之介は眉をしかめた。

「先生には失望した……残念だ……いや、きっと改心してくださる」

思わず声を出して読み上げた。

船山は大野の何かに失望した。

一体何だ……。

船山は大野の質実剛健さ、金銭への無欲さを敬愛していた。失望とはそうした大野の美徳が偽りであったのかあるいは大野が捨て去ったのか、それに船山は失望した。

ひょっとして、大野は新番組頭就任のため、鬼頭玄蕃に賂を贈ったのではないか。それを船山は知ったがゆえ大野に抱いた孤高を貫く剣客、武士道を貫く直参旗本像が崩れ、失望したのだろう。大野への失望が紗代との不義密通に奔らせた……。

いや、結論を急いではならない、と純之介は自分を戒め、もう一度ざっと日誌を読み返した。

剣術に次いで多くを記しているのは母美代についてであった。美代の好物の饅頭を買ってきた、美代と共に父の墓参りをしたことなどが綴られている。

では、紗代についてどう書いているのかと探した。しかし、紗代について言及している箇所はほとんどないが、ただ同情するという記述が一カ所あった。

それにしても、紗代についてほとんど記していないのはどうしたことだろう。他人に見られるのを恐れてのことなのか。しかし、新之助の日誌を覗き見する者などいるのだろうか。美代がこっそり読むとは考えにくい。

女性の名を探すと理沙という名があった。

理沙殿が冬瓜を持って来てくれた、胡瓜の粕漬をお裾分けしてくれた、などである。

日誌を読み終え、純之介は柳行李を調べた。きちんと折り畳まれた衣服が詰められていた。

「おかしい……」

紗代の文は何処にもない。

和歌の一首もないのだ。

不義密通……。

やはり、無理があるのではないか。

日誌を持って居室を出ると美代と再び面談に及んだ。

「畏れ入りますが、日誌をお借りしたいのです」

純之介の申し出を美代は拒絶しなかった。

「ところで、日誌に理沙殿という名が記してありましたが……」

すると美代の顔が曇った。

「御家人、玉田弥兵衛(たまだやへえ)さまのご息女です……実は、新之助の許嫁(いいなずけ)でございました。来年の春に祝言(しゅうげん)を挙げることになっていたのです」

声を詰まらせ、紗代は答えた。

「そうでしたか」

純之介は慰めの言葉が出て来ない。益々、不義密通ということが怪しい。もっとも、許嫁がいるからと不義密通をしない、ということにはならないのだが。

しかし、理沙に話を聞くことはしよう。

純之介は理沙の家の所在を聞き、屋敷を後にしようとした。

すると、

「御免ください」

と、女の声が聞こえた。

「理沙殿です」

美代は言った。

理沙は美代を気遣い、弁当を届けてくれるそうだ。

理沙は風呂敷包みを抱えて入って来た。弁当のようだ。純之介を見て挨拶をした。

美代は純之介を紹介した。

純之介は話を聞きたい、と頼んだ。

美代は席を外し、理沙と対面をした。

「新之助さまが不義密通などするはずはございません」

いきなり、理沙は言った。

「何故、そう思うのですか」

静かに純之介は問い直した。

「新之助さまは本当に真っすぐなお方でした。とてもお優しく、嫌なこと悔しいことがあっても愚痴を言うことはなかったのですが、顔つきや様子を見ればわかりました」

　そんな新之助が不義密通、ましてや尊敬する師匠の奥方と秘められた関係になるなど、できるはずはない。

　益々、不義密通は怪しい。

「では、話を変えましょう。新之助殿は大野さまについて何か申しておられませんでしたかな」

　新たな純之介の問いかけに、

「新之助さまは大野さまを大変に敬っておられました」

　予想通りの答えである。

「大野さまを心配してはいなかったですか」

「そうですね。そういえば……」

　言い出してから憚(はばか)るように理沙は口ごもった。

「いかがされた」

「いえ、その、誤解を招くようなことになりかねません」

「構わない。話してくだされ。ひょっとしたら、新之助殿の不義密通の汚名をそそげるかもしれないのです。してもいない不義密通の不名誉を着せられたままでは成仏できませぬぞ」

純之介の説得に理沙はこくりとうなずいて語った。

「新之助さまは大野さまを労わる余り、隠居を勧めたそうなのです。ところが、大野さまはそれに対し大層立腹なさったのだとか」

「隠居を勧めたのは大野さまが病であったためか、それとも剣の技量に衰えがあったのか」

「そこまではわかりません」

理沙はこくりと頭を下げた。

「いずれにしても、新之助殿は大野さまを気遣っていた。隠居を勧める程に」

頭の中で大野の姿を思い描く。

道場で手合わせをした時の大野の剣は猛々しいものであった。力強い太刀筋、風のような速度と共に東軍流の威を感じさせるものであった。

とても、病を患っているようには見えなかったし感じなかった。年齢は四十を越したばかりである。隠居には早い。

新之助は何か大野に異変を感じたのであろうか。新之助のみが察知できた衰えがあったのだろうか。

「暁さま、まこと、新之助さまは裏表のない、誠実なお方でございます。不義密通などという不名誉とは無縁のお方なのです」

理沙は訴えかけた。

「わたしもそのようにお見受けした。よって、わたしの力が及ぶ限り、今回の一件を調べようと思います」

純之介は言った。

「よろしくお願い致します」

深々と理沙は頭を下げた。その目には薄っすらと涙が滲んでいた。

「理沙殿にお訊きするのはお門違いだが船山殿は何故東軍流を学んだのですか。何故大野さまの門人になったのですか。もし、ご存じならば、お話しください」

純之介の問いかけを理沙は真摯に受け止め、思案を巡らした後に答えた。

「よくはわかりませぬが新之助さまは大野さまを実に立派な武芸者だと尊敬しておられました。流派を選んだというよりは大野さまのご指南を受けたい、という思いから大野道場に入門なさったのだと思います」

それはいかにもありそうだ。

戦国の気風を残す古風な東軍流の使い手は世俗にまみれていない古武士然とした美しさを感じさせる。そこに船山はひかれたのだろう。

東軍流秘蝶返しを身に付けたいからではあるまい。それは船山の伸びやかで素直な太刀筋が物語っている。

ひょっとして、船山は自分が思い描いていた大野左京と現実の大野の違いに気づき、そのことに失望したのではないか。失望したゆえ、大野に隠居を勧めた……。

いや、それではおかしい。

もし、船山が大野の実戦重視、騙し討ちのような剣法に失望したとしても、大野が道場主を引く理由にはならない。それが東軍流の奥義(おうぎ)なのだ。奥義を極めた大野が道場主を引く謂(いわ)れはない。

東軍流の剣法が受け入れられないのなら船山が道場を去るべきである。門人として当然のことだ。船山だってそのことはわかっていたはずだ。

となると、船山が大野に隠居を勧めた理由は何だ。

紗代との不義密通と共に謎めいている。

理沙は悲痛と深い疑念に苦悩の表情となった。

理沙にしても、新之助が間男の汚名を着せられたままでは供養できないであろう。

もし、不義密通が嘘だとしたら、大野左京はどうして偽ったのだろうか。それに、不義密通ではなかったとしたら、妻と愛弟子を斬るに至った訳とは何だったのだろう。

事件には深い真実が横たわっているに違いない。それを明らかにせねば。純之介は必ず真相を突き止めてみせる、と心に誓った。

第三章　直参小僧

一

夕暮れ、御徒町の小幡の屋敷の前を通りかかった。

さすがに朝夕の風には涼が感じられ、残暑が去り、秋の訪れを感じる。立ち寄ろうかと思ったが、自分の考えが固まらない内に話をしても仕方がないし、小幡家の団欒を邪魔することもあるまい、と思い留まった。

純之介は再び大野左京宅を訪ねた。道場は閉じられているため、屋敷内は静寂が漂っていた。

大野は蟄居謹慎中とあって寝間で正座をしていた。月代と無精髭が伸びている。純之介は大野と対した。

頰がこけ、武芸者としての凄みが際立っている。

「奥さまと船山新之助の不義密通につき、もう一度、話をお聞かせ願いたい」

純之介は申し入れた。

「何なりと」

乾いた口調で大野は言った。

純之介は新之助の屋敷を訪れた経緯を簡潔に述べ立てた。

「奥方さまは和歌に堪能(たんのう)であられましたな。その奥方さまから船山に当てられた歌の一首も残っておりませんでした」

「だから……」

「世を偲ぶ恋であったのです。歌を贈るのは偲び合う者の絆になったのではないでしょうか。まこと、不義密通の関係にあったのですか」

「妻は和歌をよく詠んだ。だからと申して、船山に贈ったとは限らぬ。一方、船山には歌心はなかった。歌の趣味を持たない者に妻が和歌を贈ることはあるまい」

当然のように大野は返した。

「なるほど、そういう考え方もありますな」

一応は大野の考えを受け入れてから、

「しかし、どうもわたしは奥さまと船山殿が不義密通の仲にあったとは思えないのです。大野さまは、奥方さまに質されましたな。また、船山殿にも確かめたのですな」

「質した」

「船山殿は認めたのですか」

「認めたゆえ、手討ちにしたのだ」

寸分も動じず大野は断じた。

そうまで言われたら反論できない。

「では、別の事をお訊きします。船山殿は大野さまを気遣っておられたようです。隠居を勧め、大野さまの叱責を受けた、とか。一体、何故、隠居を勧めておられたのでしょうか。いや、持って回ったような物言いは致しませぬ。船山殿は大野さまに失望していたのです。失望ゆえ、身を引かれるよう勧めたのです。船山殿が大野さまに抱いた失望とは何だったのでしょう。剣の技量でしょうか」

問いかけながら純之介は疑問が深まっていった。手合わせをしてみて、剣の技量には感服した。東軍流秘蝶返しという実戦重視とはいえ、卑怯な技もそれが東軍流の奥義だと船山は承知の上で大野の下で修行していたのだから剣の腕に失望などしないだろう。

だとしたら、大野に剣以外で何か問題があることを知ってしまったのだろうか。

この問いかけには大野は僅かだが動揺を示した。それでも、大野は取り乱すことはなく答えた。

「船山はいつの頃からか慢心するようになった。道場一の使い手である、と自認するようになったのだ。思い上がりにより、道場を譲れ、と迫るようになった。わしを隠居させて道場主になろうと企んだのだ。いわば、わしから道場と妻を奪おうとした、というわけじゃ。わしに失望したのは隠居を断固として拒絶したからであろう」

大野は皮肉そうに笑った。

信じられない。船山新之助は慢心などしていなかった。手合わせでわかる。新之助の人柄を思えば恩師に対して隠居を迫り、道場を奪おうなどという邪心などとは無縁の男である。

大野は嘘を吐いている。

しかし、それを否定する根拠はない。全ては大野の証言に頼るしかない。当事者の紗代と新之助は死んでしまった。まさしく、死人に口なしである。

「門人の恥はわしの恥でもある。不義密通は船山の名誉のためにも黙っていたかったのじゃがな」

大野は嘆いた。

そのことに純之介は答えずに、

「あと一つ、お答えください。船山殿の傷、右の肩が深く斬られておりました」

と、逃げ出したのを追いすがって斬り下げたのではおかしい、と二人の身長差を持ち出しながら純之介は疑問を投げかけた。

大野は目を瞑った。

いかにも苦悩をしているようだ。

「いかがでしょう」

純之介は語りかける。

大野は両目を開いた。

「船山は逃げ出すと共にその場にへたり込んでしまったのだ。いくら大柄な船山でも座しておっては斬り下げる形となる。無理にも立たせて堂々とした勝負をすべきだと今にして思えば悔いておる。しかし、正直に申して、わしにそんな心のゆとりはなかった。目をかけた愛弟子がわしの目を盗んで妻と世を憚る仲となっていたことで逆上してしまった」

その説明を裏付けるように大野は唇をへの字に引き結んだ。

それなら肩の傷が深いということの説明にはなっている。しかし、それも船山新之助の人柄とは合わない。新之助程の腕の立つ者が背中を向け、その場に頽(くずお)れてしまうものであろうか。

それも道場の剣術と真剣勝負の違いだと大野は言い張るのだろう。

「不審な点は晴れましたかな」

おもむろに大野は問いかけた。

「いささか……」

曖昧に純之介は答えた。

「わしは処分を待つのみである。評定所に出頭せよということであれば、いつなりと応じる」

大野は言った。

「大野さまは新番組頭にお就きになる予定ですが、新番組頭をお望みになった訳は……あ、いや、これはわたしの立ち入ることではありませんな」

純之介は問いかけを取り下げたが、

「直参旗本である以上、畏れ多くも上さまをお守りする役目に就きたいと思うのはわしだけではないと存ずる」

　明瞭に大野は答えた。

「おっしゃる通りですな。いや、愚問でありました」

　純之介は頭を下げた。

「いや、徒目付のお役目を全うせんとする貴殿ゆえの問いかけと存ずる」

　大野は理解を示してくれた。

「推挙なさった小普請組支配鬼頭玄蕃さまの御屋敷には足繁く通われたのですか」

「いや、さほどには」

「では、鬼頭さまが大野さまを推挙なさったのは剣の盛名(せいめい)を耳にされて、ということですか」

「そんなところでしょう」

　大野はさらりと言ってのけた。

　これは珍しい。

「なるほど、そういうことですか」

　得心したような言葉を返したものの、到底納得できるものではない。

　すると、

「むろん、賂の類は一切支払っておらぬ。もっとも、払おうにもそんなゆとりはないがな」

確かに金銭のゆとりはなさそうだ。

「しかし、わしは辞退しようと思う。妻を間男された者が上さまをお守りできるはずはないからな」

苦笑いを浮かべ、大野は考えを打ち明けた。

「それは、公儀がお決めになることと存じます」

という純之介の考えに、

「それはそうだが……今、わしは道場も続けるべきか迷っておる」

大野は静かに言い添えた。

純之介は黙って話の続きを促した。

「こんな不始末になってしまったからには道場を続けられるものではない。しかし、そうなら、そもそも船山を斬ることはなかったのだ。船山に隠居を勧められた時、道場を船山に譲ればよかったということになってしまう。まったく、とんだ事態になってしまったものだが、考えてみれば全てはわしの不徳の致すところじゃな」

大野は薄く笑った。

純之介は言葉を返せない。

「いや、すまぬ、愚痴を聞かせてしまったな。妻が不義密通に奔った責任の一端はわしにある。妻には気の毒なことをした」

大野は言った。

「ご自分の身に真実があれば、その真実をご自分と照らし合わせるべきだと存じます」

純之介は言った。

「そうじゃな」

「失礼ながら大野さまはご自分の心に問いかけてください。わたしに、あるいは、公儀に、世間に、そしてあの世の紗代さまと船山殿に正々堂々と顔向けができますか」

大野は寂し気に微笑んだ。

「何かご不満がありますか」

「そんなことはない」

「ご自分のお気持ちに正直になってください。わたしごとき軽輩が生意気ですが」

丁寧に純之介は頼んだ。

「うむ」

大野はうなずいた。

その表情は穏やかながら何かと苦闘しているように見える。

「大野さま」

語りかけると、

「いや、なに、わしなりに気持ちを整理しておるところじゃ」

笑みを浮かべたが大野の頬は引き攣っている。

「では、これにて失礼致します」

純之介は一礼をして立ち上がった。

「ご足労をおかけした」

大野は言った。

大野邸を出た。

小幡は報告書を笹野に提出しただろう。それは何の疑いもなく大野左京の言い分を受け入れた内容に違いない。

それに対し、反対意見を述べたいのだが、それが何なのかはっきりと提示できない。

笹野はどう判断するのだろうか。

大野が新番組頭登用を辞退したのだとしたら、辞退を以て手討ちの一件は落着と見なされるだろう。

それでいいのか。

真実を明らかにする。それは時には不幸を呼ぶ。今回の一件も蓋をしておくべきなのかもしれない。

純之介は懊悩した。


純之介は不義密通事件につき、自分の疑問点を書き記し、大野の申し立ては怪しいという結論を出した。

小幡と共に笹野に呼び出された。

「その方らの考えを検討した」

笹野は言った。

純之介も小幡も神妙な顔で笹野の言葉を待った。

おもむろに笹野は口を開いた。

「大野左京による手討ちは不問に付す」

予想通りの答えであった。小幡はほっと安堵のため息を漏らした。純之介は異議を申し立てず黙って受け入れた。

笹野が、

「暁、何か異存はないか」

と、確かめてきた。

「ござりませぬ」

はっきりと純之介は述べ立てた。

「そなたの意見書とは違う結論であるが、不服はないか」

念を押すように笹野は問いかけた。

「わたしの考えはあくまで想像であります。大野さまの言い分を覆すに足る証も拠り所もありませぬ」

冷静に返したものの、純之介の胸には深い疑念が横たわっている。

笹野は続けた。

「大野は新番組頭への登用を辞退した。よって、今回の大野の探索もこれを以て終わりと致す」

「承知しました」

小幡は安堵の表情を浮かべた。

純之介とて拒むことは許されない。大きな疑念を抱きながらも従うしかない。しかし、それでいいのか。船山新之助の汚名はどうなる。母親と許嫁に汚名をそそぐと約束をしたのだ。

あくまで、私事とはいえ、武士が口に出したことを反故にしていいものではない。それでも、そのことは胸に仕舞った。純之介個人で大野に当たるべきだ。大野は新番組頭への登用を辞退したことで、心に踏ん切りがついたのではないか。

純之介には大野が胸の奥底に秘めた真実に苦悩していると思えてならない。真実を明らかにすることは新之助の名誉の回復と共に大野の苦しみを取り払うことになるのではないか。

純之介と小幡は辞去しようとした。

すると、

「大野の一件が済んで早々にそなたらに役目を申し渡す」

と、笹野は告げた。

純之介と小幡は居住まいを正した。

「鬼頭玄蕃殿の屋敷に盗人が入った。ついてはその一件を調べてもらいたい」

笹野は言った。

「盗人と申しますと、ひょっとして直参小僧ですか」

小幡が問いかけた。

「いかにも」

笹野は短く答えた。

直参小僧とは旗本屋敷専門に盗み入る盗人である。このところ、立て続けに出没している。素性に関しては元直参旗本であったという噂がある。旗本への因縁があり、その意趣返しに旗本屋敷に盗み入っているのだとか。

純之介は縄暖簾での小幡の話を思い出した。

直参小僧捕縛の役目から笹野は外された、ということだった。その笹野が直参小僧捕縛の役目を担うということか。

「直参小僧捕縛は既に動いておる徒目付がおると耳にしました。旗本屋敷の建ち並ぶ屋敷街の区割りをして夜回りをしておるとか」

純之介は言った。目の端に映る小幡は素知らぬ顔をしている。

笹野は僅かに目元を引き締め、

「いかにもその通りだ。じゃが今回、わしが不正を疑い探索を行う鬼頭玄蕃の屋敷に直参小僧が盗みに入ったのじゃ。わしが直参小僧捕縛に動くのは当然である」

胸を張って答えた。

笹野は好機と捉えているようだ。

「鬼頭さまから訴えがあったのですか」

純之介は問いを重ねた。

大名屋敷もそうだが旗本屋敷では盗人に入られても届け出ないことは珍しくはない。御家の体面を気にしてのことだ。鬼頭は町奉行所や目付に届けたのだろう。

「それがな……」

笹野は珍しく言い淀んでいる。

純之介も小幡も笹野の言葉を待った。

笹野は表情を曇らせて口を開いた。

「南町からの訴えがあったのだ」

意外なことである。

南町奉行所に両替商、今川屋五兵衛（いまがわやごへえ）から訴えがあったそうだ。

「今川屋は鬼頭殿に多額の金子（きんす）を貸しておるそうだ。その金子を返済できない理由として直参小僧に盗みに入られた、と言われたそうだ」

笹野が言ったところで、

「今川屋五兵衛は直参小僧が鬼頭さまのお屋敷に盗みに入ったことを疑っておるのですな」

純之介は確かめた。

「そういうことじゃ」

笹野はうなずいた。

小幡が、

「直参小僧を理由に借金の棒引きですか。それは旗本の風上にもおけない卑怯な手ですが、それを鬼頭さまはなさりましょうかな」

と、疑問を呈した。

「鬼頭殿はあくまで直参小僧に盗みに入られたと申しておる」

笹野が答えると、

「盗まれた金子はいかほどですか」

純之介が問いかけた。

「千両箱一つ……千両じゃな」

笹野は答えてから、

「今川屋が貸し付けておるのも千両。鬼頭殿は利子のみは今川屋に返すそうだ」

皮肉な笑みを浮かべ笹野は言い添えた。

「怪しいですな」

小幡は言った。

「そうは決めつけられぬが……どうもなあ」

笹野が悩ましい声を上げたのは鬼頭玄蕃にはよからぬ噂が絶えないからだ。そもそも、笹野は大野の新番組頭登用を巡り、鬼頭が賂を取っていることを暴き立てたかったのだ。今回の一件を鬼頭弾劾の好機と捉えているのかもしれない。

「偏見は慎まなければならぬが鬼頭のこと、とくと調べよ」

笹野は命じた。

純之介と小幡は平伏した。

ここで小幡が危惧の念を示した。

「鬼頭さまは三河以来の名門に連なりますが……」

鬼頭家本家の先祖は徳川家康が三河の国主であった頃から臣下であった。家康に従い、数多の戦場を疾駆した。その甲斐あって、関ヶ原の戦いの後、五万石の大名に取り立てられた。

領知は転封を重ねたが現在は上総国市原郡に五万五千石を領し、藩主鬼頭因幡守正高（まさたか）は若年寄の地位にある。鬼頭玄蕃正直（まさなお）は分家であるが、玄蕃は本家から養子入りをした正高の弟であった。

小幡が危惧するのも無理はない血筋なのである。目付は若年寄に属する。笹野は上役の弟を弾劾しようとしているのだ。

「遠慮はいらぬ。不正は誰であろうと許せぬのじゃ」

笹野は言った。

「ごもっともです」

小幡は引き下がった。

純之介には笹野は確かめない。純之介の気性を思ってのことであろう。

「鬼頭玄蕃から圧力があるかもしれぬがたじろぐな」

笹野は強い口調で命じた。

「承知しました」

笹野の期待にこたえるかのように純之介は声を大きくした。

慌てて小幡も平伏をした。

二

純之介と小幡は笹野の屋敷を出た。

「いやあ、まいりましたな」

小幡は肩をそびやかした。

「何がですか」

純之介は平然と問い直す。

「あ、いや、その」

口ごもった小幡であったが、

「だってそうでしょう。笹野さまは鬼頭玄蕃さまのお屋敷に盗み入った直参小僧の一件を好機と捉えておられますぞ。蚊帳(かや)の外に置かれた直参小僧捕縛に関わることができるのですからな」

と、不満そうに言った。

「小幡さんは不服ですか」

純之介が問い返すと、

「我らも夜回りをしなければならなくなりますからな」

小幡は肩をそびやかした。

「小幡さんならずとも、今回のお役目は取っ掛かりから笹野さまはお覚悟がありました。出世を望む、いや、望むことができる目付という役職にあるからには、立身できる立場を危うくしてまでも、鬼頭玄蕃の弾劾に動くとは、余程のお覚悟があると推察できます」

淡々と純之介は述べ立てた。

小幡は真顔になり、

「勝算があるのでしょうな」

と、不安そうに問いかけた。

「さて、勝算があるとかないとかではないと存じます。我らは命に従って役目を成就すればよいのです」

我ながらいかにも正論を楯にした能吏的な返答であるが、実際の心情は笹野の思惑とは別に純之介は真実を明らかにし、そこに不正がないのかを正したいだけだ。

笹野に出世を狙う意図があったとしても、純之介の感知するところではない。

自分は役目を果たすだけだ。

いや、それはきれいごとである。純之介には鬼頭が不正にまみれた旗本、大野は何かを隠している怪しげな旗本という考えが根付いてしまっているのだ。

それは先入観以外の何物でもないのか。

それとも、正義を貫きたいがための、悪に目を瞑るまいという決意なのか。

「暁さん、困りましたな」

小幡はため息を吐いた。

「病になりなされ」

純之介は言った。

おやっとする小幡に、

「わたしが探索をします」

純之介は申し出た。

「はあ、では、わしは直参小僧を追いかけます」

小幡は申し出た。

「直参小僧探索はわたしも行わねばなりませぬ」

純之介は旗本屋敷の夜回りの覚悟をしましょうと言った。

純之介と小幡は新川にある鬼頭玄蕃の屋敷にやって来た。南新堀一丁目に門を構える大野左京の屋敷とは二町と離れていない。こんな近くに鬼頭の屋敷がありながら、大野は猟官運動に出向いていない。それが、大野の贈賄、鬼頭の収賄を勘繰らせもする。

門番に素性を告げ、鬼頭への取次を頼んだ。すんなりと屋敷の中に入れられ、御殿の客間で面談に及んだ。

しかし、すぐに会うことはできなかった。小普請組支配という役目柄、大勢の役職志願者との面談を行っている。履歴書を持参し、就きたい役職、いや、何でもいいから役職を得たい小普請組の旗本たちが押し寄せている。

一時程も待たされてから鬼頭はやって来た。

鬼頭は四十前後の恰幅も肌艶もよい男である。

「御多忙中の折、畏れ入ります」

慇懃に小幡が挨拶をした。

「いやいや、役目柄致し方ござらぬ。できるだけ、各々の望みが叶うような役職を世話してやりたいのじゃが、公儀の役職には限りがあるのでな。定員割れの役職と本人の希望と適性が合えばよいのだが、これればかりは運というものが左右する」

達観（たつかん）めいた物言いを鬼頭はした。

「おっしゃる通りです」

小幡は話を合わせた。

鬼頭の視線が小幡から純之介に移った。純之介は一礼をしてから、

「直参小僧なる盗人に入られた、とお聞きしましたが」

と、確認した。

「そうなんじゃ」

顔をしかめ、鬼頭は何度も首を縦に振ってから、

「まこと情けなきことじゃ」

ため息を吐いた。

「千両箱を一つ、奪われたとか」

純之介は問いを重ねる。

「虎の子というか、こつこつと蓄財に励んだ千両をな。盗まれてしまった。お蔭で当家の台所は火の車じゃよ」

と、愚痴を言いながらも鬼頭は声を上げて笑った。

「盗まれた時の状況をお聞かせくださいい……できましたら、金蔵にご案内を頂いた上

で、現場でお訊きした方がよろしいかと、存じます」

あくまで沈着冷静に問いかけた。

「よかろう」

鬼頭は立ち上がった。

純之介と小幡は鬼頭の案内で屋敷の裏手にやって来た。練塀(ねりべい)に沿って土蔵が建ち並んでいる。海鼠壁(なまこかべ)が日輪の陽光を受けて眩しく輝いていた。

真ん中の土蔵が金蔵であった。

金蔵の前に立つと引き戸には南京錠(なんきんじょう)が掛けられている。

「この錠前を外して直参小僧は金蔵の中に盗み入ったのですか」

小幡は南京錠に触りながら問いかけた。鬼頭はばつが悪そうな顔をして、

「それがのう、まことに恥ずかしきことに、千両箱は大八車に乗せて筵を被せておったのだ」

意外なことを言った。

「では、金蔵の外に出したままにしておられたのですか」

目をぱちくりとし小幡は問いかけた。

「出したままにしておるつもりはなかった。金蔵から出して四半時と経過していなかったと思う」

鬼頭は答えた。

「何故、出しておられたのですか」

小幡は問いを続けた。

「支払いだ。方々に掛けが溜まっておったのでな」

お盆に支払いをしようとしていたのだそうだ。

ここで純之介が、

「盗まれたのは夜ではないのですか」

と、問いかけると小幡も、「ああ、そうじゃ」と驚きの声を上げた。

「そうなのじゃ。まさか。わしも当家の者も白昼堂々と盗人に入られるとは夢想だにしておらなかったからな」

と、鬼頭は金蔵を見上げた。

松の木が金蔵の屋根に枝を伸ばしている。直参小僧はあの枝を伝って盗みに入って来たと鬼頭は考えているようだ。

純之介が、

「直参小僧、鬼頭さまの御屋敷の内情を掴んでいたということでしょうか。あの松の木の下に金蔵があることを掴んでおったということでしょうな。それと……」

純之介は南京錠を持ち上げ、鍵穴を向けた。

次いで、

「直参小僧はこの屋敷に盗み入った時、千両箱は金蔵に仕舞ってある、と想定していたことでしょう。だとすると、合鍵を作っておったのでしょう。鍵の型を取ったことになりますな」

と、南京錠から手を離した。

「直参小僧は当家に入り込んでいたということじゃな」

鬼頭は言った。

「新しく雇った奉公人はおりますか」

純之介は確かめた。

「中間(ちゅうげん)どもは渡り者ゆえ入れ替わりがよくありますな」

後で用人の中村(なかむら)から話をさせる、と鬼頭は言った。

「それと、直参小僧の仕業だというのはどうしてわかったのですか」

純之介は鬼頭に向き直った。

小幡も鬼頭を見る。

「書付が残っておったのじゃ」

鬼頭は懐中から一枚の書付を取り出し、純之介に手渡した。

純之介は目を通してから小幡に見せた。

「じきさんこぞう　参上……」

小幡は読み上げた。

「これが、金蔵の引き戸に貼ってあったのじゃ」

鬼頭は言った。

それを受け、

「直参小僧は盗み入った旗本屋敷にはこうした書付を残しておくそうですな」

小幡は書付を鬼頭に返そうとした。それを純之介が、

「これは預かります」

と、小幡から受け取った。

鬼頭はうなずく。

純之介は書付を懐中に仕舞ってから改めて鬼頭に向き直った。

「ところで、両替商、今川屋が南町奉行所に訴えております」

「そのようじゃな」

鬼頭は渋面を作った。

それから、

「申したように、盗まれた千両で今川屋を含む商人どもへの支払いを考えておったのでな。だがしかし、わしは何も掛金や借金を踏み倒そうというのではないのじゃ。待って欲しいということなのじゃ。必ず払うのじゃ。商人の中にはよくわかってくれる者もおる」

鬼頭は言った。

「そういうことですか」

小幡は鬼頭の考えを受け入れた。

純之介は、

「南町奉行所は今川屋の訴えを受け入れてはおりませぬ。相対済令(あいたいすましれい)がありますからな」

と、言った。

相対済令とは金銭貸借に関する問題は当事者同士が解決せよ、公儀は関与しない、という法令である。両替商たる今川屋がそれを知らないはずはない。

それを承知で今川屋は南町奉行所と目付に訴えたのである。

何か訳がありそうだ、と純之介は思った。

「わしからよくよく話をしてやらねばな。今川屋には台所を任せておる家来から話をしたのじゃ」

鬼頭は言った。

「それはどなたですか」

純之介は問いかけた。

「用人の中村左之介（さのすけ）である」

鬼頭は答えた。

「後で話を聞かせて頂きます」

純之介は言った。

「何でも聞いてやってくれ。中村は当家の内情を隅から隅まで存じておる」

鬼頭は言った。

純之介は話を変えた。

「ところで、鬼頭さまが新番組頭に推挙なさった大野左京さまですが、ご辞退なさったのですな」

鬼頭は苦渋の表情となり、

「残念でならぬ。大野殿はまこと新番組頭に適任であったのじゃ。それがのう……」

残念だと鬼頭は繰り返した。

「大野殿を新番組頭に推挙なさった訳はいかなることでしょう。大野殿は取り立てて猟官運動に熱心であったのですか」

純之介は踏み込んだ。

「武士として剣客として優れた御仁であるとはかねてより耳にしておった。一度、面談に及んで聞きしに勝る御仁だとわかったのでな。わしは迷わず新番組頭に推挙した。大野殿を埋もれさせておくのは公儀の損失だと思ったのじゃ」

鬼頭は大野の辞退を残念がった。

「いかにも優れた剣客でした」

純之介もその点には賛同した。

「心変わりしてくれたらよいのじゃがな」

鬼頭は言った。

「一徹(いってつ)なご気性と拝察致しました」

純之介が言うと、

「そうじゃな」

　鬼頭もうなずく。

「では、中村殿にお話を伺いたいと存じます」

　純之介は言った。


　純之介と小幡は鬼頭家の用人中村左之介と会った。

　御殿の用部屋である。中村は五十年輩の陰気な男であった。小役人といった雰囲気を醸し出している。

「直参小僧による盗みの一件につき、お話を聞きたいと存じます」

　純之介は一礼した。

「わしでわかることでしたら」

　中村はぼそぼそとした口調で答えた。

「鬼頭さまのお話からしますと、直参小僧はこちらの御屋敷の内情を把握しておったようです。つまり、こちらの御屋敷の奉公人として入り込んでいた者が極めて疑わしいのです」

　純之介の推量に、

わかっているような顔をしたが中村は頼りなげな口ぶりである。

「なるほど」

「奉公人で最近雇い入れた者はおりますか」

純之介は問いかけた。

「渡り中間ですな。熊吉という男ですよ」

中村は二十日前に雇ったと言った。

小幡が、

「その者、真面目に奉公しておるのですか」

と、早口に問いかけた。

「問題は起こしておりませんな」

「他には……下男とか女中では」

純之介が更に問いかける。

「下男や女中は奉公の年数が古い者ばかりですな」

中村の顔つきは彼らへの信頼を物語っている。

「熊吉に話を聞きましょうか」

小幡は純之介に言った。

「そうですな。後刻にしましょう」

純之介は言った。

「そうですな」

小幡も納得した。

改めて純之介は中村に訊いた。

「盗まれた千両箱ですが金蔵の前に横づけにした大八車に積んであったのですな」

「迂闊でした」

中村は茫洋とした顔で言ったものだから、迂闊さが極まっていた。

「どうして、そんなことをなさったのですか」

純之介は踏み込んだ。

中村は目をしょぼしょぼとさせて答えた。

「まあ、その、何でござるよ。まず、盗人になんぞ入られるはずはない、と思ったからですよ。もちろん、それは間違っておったのですがな」

「真昼間であったからですか」

純之介は問いを重ねた。

「そうです。真昼間に盗みに入る盗人なんぞいないと思っておりましたからな。金蔵の周りには人もおったのですよ」

中村は言った。

「中間(ちゅうげん)たちですか」

純之介は問いかける。

「大工ですな」

金蔵の近くにある建物の修繕を大工たちはやっていたそうだ。

「大工に盗まれたらどうするのだ」

純之介は問いかけた。

「当家に出入りして長いですからな。みな、信用のおける者たちです」

「しかし、魔が差すということもありましょう」

「それはそうですが、大工たちは屋敷から帰る際には検められますからな」

大工道具や身体を検められてから屋敷を出て行くのだそうだ。

「ですから、千両箱など」

ここまで中村が言ったところで、

「ちょっと待ってください。盗まれたのは千両箱ごとですな。千両だけではないのですな」

純之介は指摘した。

「そうです」

中村は認めた。

「千両であれば、身体に身に付けて屋敷から逃げ去ることができたでしょう。しかし、千両箱となりますと、担いで逃げるには目立って仕方がありませんな」

純之介の指摘に、

「その通りですな」

小幡も賛同した。

中村は首を傾げ、

「それもそうですが、実際に千両箱ごと盗まれたのです」

と、呆(ほう)けた顔つきで言った。

「そりゃ、直参小僧というのはよほどにすばしこいのでしょうな」

感心したように小幡は言った。

「そうかもしれませんぞ。これまでにも、いくつもの旗本屋敷から盗みを繰り返しているのですからな」

中村も直参小僧のことは知っているようだ。

純之介は、

「いくらすばしこい盗人であったとしても人であるからには真昼間、千両箱を担いで走ってゆけば大勢の者に見られておるはずではないですか」

あくまで冷静に反論した。

「それもそうだ」

これにも小幡は賛同した。

中村も首を捻っている。

「おかしな盗みですな」

純之介は言った。

小幡は黙り込んだ。

「しかし、実際に盗まれたのですよ。そのせいで、商人たちへの支払い、今川屋の借金を返済できなくなったんですよ」

中村は困った、と嘆いた。

純之介は、

「今川屋五兵衛が騒ぎ立てておるのをご存じでしょう」

「ええ、まあ……気の毒ではありますが、ない袖は振れませんのでな」

中村は手で頭を掻いた。

「それはそうですな」

小幡は賛同した。

「今川屋はこちらの屋敷に直参小僧など盗みに入っていない、とまで申しておりますぞ」

純之介は踏み込んだ。

「そんな……」

中村は唖然となった。

「そんな、ではありませぬ」

純之介は迫った。

小幡はおろおろとしている。

「どうなのですか」

純之介は容赦がない。

「そんなことはない。絶対に、そんな姑息な真似はしておりませぬぞ。いくら、徒目付とはいえ、それはひどい。そもそも徒目付の貴殿らが直参小僧などという盗人をのさばらせておるのではありませぬか」

中村はいきり立った。

「申し訳ございませぬ」

気圧されて小幡は謝った。

「貴殿はいかに思われるか。未だお疑いか」

中村は純之介に詰め寄った。

「直参小僧捕縛の一件と今川屋の訴えは別の話です」

さらりと純之介はいなした。

「よくも」

不満そうに中村は舌打ちをした。

ここは煽(あお)ってみるか、と純之介は思った。

「わたしは盗みに入られたことが至極疑わしいと思いますぞ」

純之介は中村を見据えた。

「無礼ですぞ！」

中村は声を大きくした。

「無礼でありましょうと、疑わしいものは疑わしいのです」

純之介は譲らない。

中村は拳を震わせた。

はらはらとした表情で見ていた小幡が、

「まあまあ、落ち着かれよ」

と、間に入った。

「ともかく、当家は借金や掛金を踏み倒す程落ちぶれてはおりませぬ。ましてや、盗人に盗み出された、などという馬鹿げた嘘は吐かぬ。盗まれたのは事実だ。三河以来の名門の血筋を穢すような真似は絶対に致しませぬ」

むきになって中村は否定した。

純之介は更に煽り立てて中村がぼろを出さぬか試したかったが、

「では、これにて」

危機感を抱いた小幡が話を打ち切ってしまった。

三

小幡の見込み通り、笹野は鬼頭邸に直参小僧が盗み入った一件をきっかけに、直参小僧捕縛に乗り出した。

純之介と小幡も旗本屋敷街の夜回りが命じられた。鬼頭屋敷を中心とした一帯が割り当てられた。

小幡大五郎は新川の鬼頭玄蕃の屋敷の裏手にある居酒屋で一杯やっていた。暖簾に瓢簞の絵が描かれ屋号も瓢簞屋であった。

さすがに毎晩ではなく純之介と小幡は一日交代で夜回りをしている。今夜は非番とあって酒を飲んでいるのだ。それでも、役目が気になり、自宅近くの行きつけの店ではなく鬼頭屋敷近くの見知らぬ縄暖簾を選んだ。夜回りの夜ではないのだから、妻や子供たちには早く帰ると約束をしていた。

新川は周囲に武家屋敷が建ち並ぶせいか、店内には侍が珍しくはなく小幡も店に溶け込んでいる。

人肌に燗がついた酒をちびりちびりとやり、奴豆腐を食べる。秋が深まれば湯豆腐だなと思いながらほろ酔い加減に身を委ねた。

天井から吊り下げられた八間行灯の揺らめきを見上げていると酔いが手伝って陶然とした気分になり、一杯だけでやめるつもりだった決意が鈍った。

燗酒のお代わりをしようとしたところで、

「大変だよ！」

けたたましい声を発しながら男が飛び込んで来た。晒に半纏を重ねた五尺そこそこの小柄な男だ。丸い顔にどんぐり眼とあって、愛嬌のある面差しだが、よほど切迫しているようで頬が引き攣り肩で息をしていた。歳は二十歳前後であろうか。

店内の視線が男に向けられたが、何人か失笑を漏らしただけでじき自分たちのやり取りに戻った。

「人が殺されているんだよ」

男は容易ならざることを言った。

ところが、

「また法螺かい、忙しいんだよ。出て行きな」

店の主人は男の顔を見ることもなく、けんもほろろに扱った。

大工風の男たちから、

「もう、引っかからないぜ」

とか、

「担ごうたってそうはいかねえや」

「勘太郎、もっと、ましな法螺を吹きな」

と、批難の声が上がる。

隣り合わせた行商人風の客たちに何者だと問いかけると、納豆売りで勘太郎というそうだ。松島町（まつしまちょう）一帯の長屋を売り歩いているのだが、この男、法螺吹き勘太郎という二つ名がついているように、法螺話が好きで、人を欺いては引っかかる様子を見て喜んでいる。

客の中にも勘太郎に担がれた者がいて、酔った勢いで勘太郎に罵声を浴びせた。

「本当だって。人が殺されているんだよ」

勘太郎は喚き立てた。

「帰りな」

主人が手を振る。

誰一人として勘太郎の話に取り合う者はいない。

「本当なんだよ～」

呆然と立ち尽くした勘太郎の声がしぼんでゆく。肩を落とし、泣きそうな顔には悲壮感が漂った。

立ち去ろうとしない勘太郎に苛立った客の一人が、

「勘太郎、芝居はうまくなったじゃねえか。でもな、言っていい法螺と悪い法螺があるんだ。人さまの生き死にを法螺にするな」

「本当だって。来てくれよ。来てくれればわかるんだから」

勘太郎は男の手を引っ張った。

「いい加減にしやがれ」

邪険に男から手を払われ勘太郎は土間に尻餅をついてしまった。町人たちは嘲りの言葉を投げかけ、侍たちは冷笑を浮かべて関わりを避けている。

勘太郎が立ち上がると、

「さあ、出てった、出てった」

主人が勘太郎の胸を押し、店から追い立てた。

「本当だよ。信じてくれよ」

悲痛な叫びと共に勘太郎は外に追い出された。勘太郎が出て行くと、誰ともなく失笑を漏らした。誰一人として勘太郎を相手にしなかったが、勘太郎のことを知らないせいか小幡は気になって仕方がない。人が殺されているとは、法螺としたら性質が悪い。しかし、勘太郎の様子には只ならないものがあり、芝居には見えなかった。

勘太郎の話がどうにも引っかかり、酒を飲む気が失せる。すっかり酔いが醒め、銭を置くと店を出た。

日が暮れた往来に勘太郎がうなだれて立っている。

「番屋に行ったのか」

思わず声をかけると、勘太郎の短軀がびくんと伸び上がり振り返った。見知らぬ侍を見上げる勘太郎の目は白黒して戸惑いを示していた。

「人が殺されていること、番屋には届けたのか」

縄暖簾で酒を飲んでいたことを小幡は付け加えた。勘太郎はうなずくと、

「届けたんですよ。でも、相手にしてくれなくて」

法螺吹きが災いして取り上げてもらえないのだとか。人殺しとはいかにも怪しげで、おまけに報せに来たのが勘太郎とあっては、自身番に詰める町役人たちも相手にしなかったのだろう。

「お侍、信じてくれよ。本当なんだよ」

懇願する勘太郎が哀れとなり、

「わかった、案内しろ」

と、引き受けてしまった。

我ながら人が好いものだ。

ふと、暁純之介ならどうするだろうという思いが脳裏を過った。

直参小僧探索に専念すべきだと勘太郎の願いを断るだろうか。そもそも、町人の訴えを聞くのは役目の領分を侵す。

いや、純之介のことだ。

人が殺されていると聞いて知らぬ顔はしないのではないか。

どっちとも判断がつかず、ぼうっとしていると、

「お侍、こっちですぜ」

勘太郎が歩き出した。

引き受けたからには断るわけにはいかない。

月明かりを受け、往来を小太りの小幡と小柄な勘太郎の影が動く様は、殺人現場という陰惨な目的地に向かうには不似合いな滑稽さであった。

四

小幡が騒動に巻き込まれた日の昼、純之介は両替商、今川屋五兵衛を訪ねた。

店の裏手にある母屋の客間で純之介は五兵衛と会った。

「鬼頭玄蕃さまの御屋敷に行って来た」

と、鬼頭と用人中村に会って直参小僧の盗み入った状況に関して話を訊き、盗まれた現場を検分した経緯を語った。

「それは、どうも、お疲れさまでした」

五兵衛は丁寧な挨拶をした。

「それを聞いた、そなた、どう思う……そなたは直参小僧に盗み入られたという名目で借金を踏み倒そうと鬼頭さまが考えている、と申し立てたな」

純之介の問いかけに、

「そうなのですよ」

五兵衛は大きくうなずいた。

「して、今でも疑うか」

純之介は問いを重ねる。

「いいえ、どうやら本当だと、手前の邪推に過ぎなかったと鬼頭さまに申し訳なく存じます」

五兵衛は言った。

「そうか……」

意外な思いである。

「まこと、商人というのは疑り深くないといけませぬのでな」

五兵衛は言い訳でもするように言い添えた。

純之介は五兵衛の真意を計りかね、

「一転して直参小僧が入った、と信じるに至った訳を申せ」

と、目を凝らして問い質した。

「暁さまのお調べをお聞きしまして、手前が間違っていた、と確信したのです」

五兵衛は言った。

「どういうことだ」

純之介は興味を抱いた。

「直参小僧に盗みに入られた旗本屋敷と同様の手口がなされているからです」

「直参小僧の盗みの手口というと表沙汰にはなっておらぬが」

盗みに入られた旗本は目付の調べに応じる者もいるが、その内容は公にはなっていない。どうして五兵衛が知っているのだろう。

五兵衛は純之介から見せられた書付を手で持った。

「じきさんこぞう　参上」

と、声を出して読み上げてから、

「この筆使い、ないし、文言が一致しておるのです」

少々、お待ちください、と五兵衛は座敷から出て行った。

待つこともなく五兵衛は戻って来て二枚の書付を純之介に差し出した。純之介は二枚を見た。

「じきさんこぞう　参上」

二枚とも同じ文言である。筆遣いも同じだ。

「この二枚は……」

純之介は書付を五兵衛に返した。

「手前どもがお金を貸しております御旗本でいらっしゃいます」

名前はご勘弁ください、と五兵衛は言い添えた。承知した、と純之介は言ってから話の続きを促した。

五兵衛が言うには二人の旗本にはこれまでもお金を貸していたが返済が滞ることはなかった。

「それが、今回は待って欲しい、と泣きつかれたのです」

五兵衛は失笑した。

「鬼頭さまと同じではないか」

「いいえ、違います。お二方はこの書付を持参の上、借金返済の猶予を頼まれたのです」

なるほど、借金を棒引きにせよとは言っていないらしい。

「それと、もう一つあります」

と、五兵衛は言った。

純之介は大いなる興味を覚えた。

「お二方の御屋敷からも千両が盗み出されたのですが、千両箱はそのまま、中味の小判のみが盗み出されていたのです」

「なるほど、千両箱はそのままにしてあったというのだな」

純之介は繰り返した。

「その通りなのです」

「確かにそれは直参小僧の特徴と言えるな。千両箱ごと盗み出すよりは楽であるが、それにしても中味だけを盗み出すのはどうした訳であろうな」

純之介は問いかけた。

「そうですな……」

五兵衛は考え込んだ。

純之介も思案を巡らしていると、

「盗み出されたことを気づかせないためではないのでしょうか。千両箱が残っていれば盗み出されたとは思いませんからな」

五兵衛が考えを述べ立てた。

「なるほどもっともだが、それなら、直参小僧はこのような書付を残しておく必要はあるまい」

尚も純之介は疑問を呈した。

すると五兵衛はおやっという顔になった。

「書付は千両箱の中に入っていたそうです。つまり、千両の小判の代わりに書付が入っていたのですな」

五兵衛は言った。

「そうなのか……鬼頭さまの御屋敷では引き戸に貼ってあったそうだが」

純之介は首を傾げた。

「お二方によると千両箱の中に入っておったそうです」

はっきりと五兵衛は言った。

純之介は思案をした。

直参小僧は元旗本であったという。旗本への意趣返しに旗本屋敷ばかりを狙って盗みに入るのである。そんな直参小僧からすれば千両箱の中に盗み入ったことを記した書付をおいて置き、千両を盗まれたと知った旗本が書付を見つける、とした方が痛快なのかもしれない。

ざまあみろ、という心境になるのではないか。

それなのに鬼頭屋敷に限っては引き戸にこれみよがしに貼ってあったのだ。もっとも、金蔵の表に千両箱は出してあったのだから、すぐに千両が盗み出されたことはわかったはずだ。時を稼ぐことを鬼頭屋敷では考えなかったということか。

「もっとも、手前どもが関わる御旗本、お二方だけの事例ですから、他の旗本屋敷もこのような書付と千両箱から千両だけを盗んでいるのかどうかはわかりません」

念のため、と五兵衛は言い添えた。

「そういうことだな」

純之介もそのことはわかる。ここは、笹野を通じて他の事例を確かめる必要がある。

しかし、つくづく妙な盗人である。

すると、奉公人がやって来て五兵衛に耳打ちをした。

「鬼頭さまの……わかった。お店でお相手するよ」

おやっという顔で五兵衛は指示をしてから純之介に告げた。

「用人の中村さまがいらしたそうです」

純之介は、

「すまぬが、面談が終わったら中村殿が何をしにいらしたのか教えてくれ」

と、頼んだ。

「わかりました」

五兵衛は首を縦に振った。


四半時後、五兵衛は客間に戻って来た。その表情は複雑だ。

「中村さまは借財を返しにいらしたんですよ」

五兵衛は言った。

「ほう……して、いかほどであったのだ」

純之介も意外な思いである。

「年利を含めて千両です」

五兵衛は答えた。

「千両を盗まれたというのによく借財が返済できたものだな」

当然の疑問を純之介は口に出した。

「手前もそう思いましたので、お尋ねしたのです。そうしましたら、中村さまは鬼頭さまの御本家より借りてこられた、と。つまり、直参小僧に盗みに入られたと偽って売掛や借財を踏み倒す、などという悪評を立てられたのでは心外だ、と憤慨しておられました」

平謝りに謝った、と五兵衛は頭を掻いた。

「本家に借りたか……」

本当かどうか確認はできない。まさか、鬼頭本家に問い合わせるわけにはいかないのだ。

「直参小僧が鬼頭さまの御屋敷に盗み入ったことが本当か偽りかはともかく、手前どもと致しましては借財は無事返して頂きましたので、これでよしとさせて頂きます」

笹野さまへの訴えも取り下げます、と現金にも五兵衛は言った。

「わたしから笹野さまに伝えよう」

純之介が引き受けると、五兵衛は丁寧にお礼の言葉を述べ立てた。

「さて」

早速、笹野に報告をしよう。

その際に直参小僧に関する情報を得るよう進言する。
それにしても大野左京の手討ちが気にかかる。

第四章　法螺（ほらふ）吹き勘太郎（かんたろう）

一

小幡は勘太郎に案内され、松島町の外れにやって来た。稲荷の裏手の寂しげな一角である。道々、勘太郎が語るには、一軒家の庭に男が横たわっていた。背中に短刀が突き立っていたという。勘太郎は驚きの余り、即座に自身番に届けようと飛び出したのだった。

「あそこですよ」

勘太郎が指さしたのは躑躅（つつじ）の生垣（いけがき）に囲まれた一軒家であった。

生垣は小幡の胸あたりまでしかなく庭を見通すことができる。勘太郎であっても、隙間からなら見ることができるだろう。

勘太郎は庭を見てくださいと言った。生垣の側に寄り小幡は庭を見下ろした。月明かりにほの白く浮かぶ庭は手入れが行き届き、家の主が几帳面であると想像できる。母屋の玄関には赤松が植えられ、庭の真ん中には小判型の池が設けられ、周囲を季節の花と石灯籠が彩っていた。

しかし、素晴らしい庭の汚点となる亡骸は見当たらない。

「何処だ……何処にある、亡骸……」

小幡は勘太郎に問い質した。

「庭ですよ」

勘太郎は言い立てた。

「見当たらぬぞ」

小幡は生垣から一歩離れた。

「桜の木の下ですよ」

勘太郎は跳び上がって生垣越しに庭を見た。途端に、

「あれっ」

素(す)っ頓狂(とんきょう)な声を上げる。

続いて生垣の中に顔を突っ込んだ。躑躅の葉や枝がざわざわと音を立てる。念のた

め小幡も再び庭を見回してから桜に視線を据えた。

やはり、死体などない。

「亡骸なんぞないじゃないか」

庭を見ながら小幡は不満げな声を出す。

「いや……、おかしいな」

勘太郎は不安げな声になった。

「おかしいなじゃないだろう」

さては担がれたかという思いから語調が強くなり、勘太郎の背中を叩いた。

「確かに仏さんが横たわっていたんですよ。それなのに、いなくなっちまった」

躑躅に突っ込んだ頭をもぞもぞと引き抜き勘太郎は小幡に向き直った。葉や小枝が髪に絡まり、髷(まげ)が曲がっている。滑稽な様子だが笑うよりも腹が立ってきた。

「死人が歩いたのか」

顔をしかめると勘太郎は短い手をばたばたと動かし、

「歩くわけがないですけど……」

それでも勘太郎は法螺話だと認めようとはしない。

「いい加減にしろ！」

堪らずに小幡は怒鳴りつけてしまった。勘太郎は怯みながらも、

「お侍、おいら、嘘を吐いたんじゃねえんだよ。おいら、本当に見たんだ」

ついには涙目で繰り返す勘太郎を見ると嘘だと決めつけるのが躊躇われる。

「本当に死人だったのか。酔っ払いが寝ていただけじゃないのか」

それならありそうだ。

「だから、言ったじゃねえですか。背中には短刀が突き立っていたんですって」

「じゃあ、どうして亡骸がないんだ」

という疑念に立ち返ってしまう。

「わかりませんよ。おいらだって信じられないんだから……ああ、そうだ、ひょっとしたら、誰かが運び去ったのかもしれませんぜ」

涙を拭い主張して憚らない勘太郎を見返し、

「よし、そこまで言うんだったら、この家の主に訊いてみようではないか」

小幡は母屋を見た。

幸い、母屋の雨戸は閉じられていない。閉じられた障子に人の影が映っていた。

「そうですね。そうしましょう」

勘太郎は二度、三度短い首を縦に振った。

「ここ、誰の家か知っているのか」

「さあ、どっかの大店の御隠居の住まいのようですね」

勘太郎から何とも頼りない答えが返された。

納豆を売り歩いているのは専ら長屋ばかりで、一軒家には足を踏み入れることがないと勘太郎は言い訳をした。

「ま、いい。事情を話して庭を調べさせてもらおう」

勘太郎を促した。

勘太郎はぺこりと頭を下げて家の中に入って行った。

庭を横切り母屋に向かう。玄関に至るまで何度か立ち止まり桜の方を勘太郎は見た。未練たらたらの勘太郎の背中を押し、玄関へ行くよう促す。

勘太郎は未練を吹っ切るように足を速め玄関に至った。後方に小幡も立つ。

「夜分、すいません」

勘太郎は大きな声を放った。

待つほどもなく、格子戸が開けられた。初老の男が出て来た。紬の着物を着て肌艶がよく、大店の隠居風だが月明かりに浮かぶ髷は武士風だ。いずこかの旗本の隠居なのかもしれない。

「何事であるか」

武家言葉である。

「拙者、御家人小幡大五郎と申します」

怪しまれないようまずは素性を告げたが、徒目付ということは黙っていた。勘太郎が訪問の理由を話そうとしたが、取り乱した上に相手が侍だという恐れで身をすくませているとあって小幡が説明を始めた。

「失礼ながら、この者がこちらの庭先で死人を見たと申すのです」

ここに至って勘太郎も名乗ってから、

「あそこです。あの桜の木の下で人が殺されていたんですよ」

声を上ずらせ訴えかけた。

「人が……」

男は玄関から出て来て庭を眺めた。首を捻り、

「死人なんぞおらぬではないか」

男は直参旗本、須藤重蔵と名乗った。息子に家督を譲り隠居暮らしをしているそうだ。一人暮らしをしたいと思い、この屋敷は出入り商人から借りている。

「確かにあったんですよ」

勘太郎は声を大きくした。

「ない」

須藤は強い口調で返した。

それでも、

「あったんですって」

餓鬼（がき）がだだをこねるように勘太郎は言い立てた。

「勘太郎、ないものはないんだ。なあ、もう、帰るぞ」

小幡がなだめると、

「どうしても気になるんでしたら、隅々まで検分せよ」

須藤は親切な男のようで、提灯（ちょうちん）を持って来ると告げて母屋の中に入っていった。

提灯を待たずに勘太郎は駆け出した。小幡も続く。

桜の木に至ると勘太郎は腹ばいに寝そべって言った。

「こんな具合ですよ。こんな風に仏は倒れていたんですよ」

背中に短刀が突き立っていたそうだが血の痕はない。程なくして須藤が提灯を持って来た。勘太郎は立ち上がった。須藤から提灯を受け取り、地べたを照らした。やはり、亡骸どころか血痕もない。

「血も流れておらぬではないか」

こいつ、やはり騙したか。

担いだものの引っ込みがつかなくなって無駄なあがきをしているのではないか。

小幡の胸に勘太郎への不審と不満が渦巻いたが、一方で勘太郎の真剣さは芝居とは思えない気もする。

だが、死体がないことが現実ではある。

「おかしいな」

勘太郎は諦めきれない様子である。

「他の場所も探してみてはどうだ」

須藤が言った。

こうなったら、勘太郎にとことん付き合おう。

ひょっとして、亡骸が息を吹き返して移動したのかもしれないし、下手人が移動させたのかもしれない。

須藤は親切にも一緒になって庭を探してくれた。

しかし、何処にも死体はなかった。

勘太郎はしょげ返った。

「こうなったら、家の中も調べてもらおうか。痛くもない腹を探られたからには、そなたらの疑いをとことん晴らしたい」

須藤は親切を通り越して意地になったようだ。

「そこまでは不要でござります」

小幡は遠慮したのだが、

「いいや、わしとて疑われたままでは気が収まらぬ」

断固として須藤は主張した。

「わかりました」

小幡は勘太郎を促し、家の中に入った。

「心ゆくまで調べよ」

須藤は行灯の芯を太くし、家の中を明るくした。庭と同様、整理整頓、掃除が行き届いている。改めて須藤の貴重面さを感じさせた。

六畳と八畳、十畳から成り、裏手が台所になっている。須藤は畳を上げて床下までも調べるように促した。そんな必要はないとは返せない雰囲気だ。

「勘太郎、亡骸を見たのはいつだ」

「ええっと……」

考え始めたが、勘太郎から答えが返ってこない。

「半時と経ってはいまい」

「そうですよ、半時なんて過ぎていませんぜ。ここからすぐに自身番に届けに行って相手にされませんでしたんでね、瓢箪屋に飛び込んだんですからね」

縄暖簾なら、誰か人がいて自分の言っていることが嘘じゃないと確かめてくれると思い足を運んだそうだ。

間違いではないだろう。勘太郎が死体を見つけてから半時と経っていない。それなら、たとえ須藤が殺したとして、亡骸を床下に埋めることなどできはしないだろう。実際須藤は土にまみれることもなく、取り乱した様子もなかった。床下に亡骸など埋まっているはずはないのだが、引き上げることを須藤は納得しないだろう。

小幡が提灯で照らす中、勘太郎は床下を調べた。もちろん、どこにも掘り返した跡はなかった。

「得心がいったか」

心持ち誇らしそうに須藤は問いかけてきた。

「はい。申し訳ございませんでした」

小幡は平身低頭した。勘太郎も米搗き飛蝗のように頭を下げているが、納得できないようで、もじもじと身体を動かしている。

「おいら、嘘を吐いたんじゃないんだ」

消え入るような声で呟いたのが精一杯の抵抗のようだ。

それ以上言うなというように小幡は勘太郎の袖を捉まえ、

「お邪魔を致しました」

と、辞去の挨拶をした。

「わしも人殺しと疑われては寝覚めが悪いですからな」

強い口調で顔を歪め須藤は言った。

諦めきれない勘太郎である。

「おいら、嘘を吐いていないんだ」

何度も繰り返した。

「わかった、わかった」

もういい加減家に帰りたくなった。

「本当なんだよ」

勘太郎は悲壮感さえ漂わせている。ついつい同情してしまうのは、自分の人の好さであろうか。

「ならば、自身番に行ってみよう」

「駄目ですよ。おいらのことなんか相手にもしてくれねえんだから」

「亡骸がこの辺りで見つかったとしたら自身番に届けられているはずだ。むろん、その前に一回りしてみようか」

小幡の申し出を勘太郎は受け入れた。

須藤の屋敷の周りを歩き、亡骸がないか確かめてから自身番を覗いた。

中には三人の町役人がお茶を飲んでいた。勘太郎を見ると剣呑な目を向けてきたが小幡と一緒だとわかって訝しみに変わった。

「死体が見つかったという届け出はなかったか」

小幡が問いかけると三人は顔を見合わせてから首を横に振った。一人が小幡に座敷に上がるよう勧める。小幡が座敷に上がってから勘太郎も続こうとしたが、

「おまえは立ってろ！」

町役人から拒絶の言葉が浴びせられた。

勘太郎は悪戯を叱責された子供のように土間の隅で小さくなった。

「勘太郎の話を聞き、亡骸を見たといって直参旗本須藤重蔵さまの御屋敷に行って来たのだ」

小幡が話すと、三人揃っていかにも物好きなお侍だというような顔をした。須藤屋敷での顚末(てんまつ)を語ると、

「でしょう。こいつは法螺吹き勘太郎っていいましてね、この界隈(かいわい)じゃちょいと名の知れた奴なんですよ」

一人が言うと二人も声を合わせて笑った。勘太郎は拳を握りしめている。

町役人は続けた。

「それに対して須藤さんといやあ、正直須藤さまって言われるくらいに誠実でご立派なお方なんですよ」

なるほど、正直須藤と法螺吹き勘太郎という取り合わせか。皮肉なものである。

「ですからね、小幡さま、勘太郎なんぞの言うこと、まともに取り合わないほうがよろしいですよ」

「そうは申してもな……」

小幡は首を捻った。

勘太郎が名うての法螺吹きだとしても、今回の一件に関してはとても嘘を吐いてい

るようには見えない。

しかし、現実に亡骸はなかった。それは紛（まぎ）れもない事実である。仮に何者かが男を刺し、しばらくしてから亡骸を何処かに運んだとすればどうだろう。須藤屋敷の周辺に亡骸がなかったということはもっと遠く、たとえば大川に投げ入れたのだろうか。すると、一人の仕業では無理だ。複数の手によって運ばれたに違いない。

今日は月の光は弱いが満天の星が瞬（またた）いている。死体を運べば目について騒ぎとなってもおかしくはない。ましてや、周囲は武家屋敷、辻番所の目を盗み死体を運ぶことなどまずは不可能だ。

となるとやはり勘太郎が嘘を吐いたのか。

いや、勘太郎は嘘を吐いているようには見えない。

これでは堂々巡りだ。

思案が定まらないでいると、

「こら、勘太郎、小幡さまに謝れ」

町役人の一人が土間に下りて勘太郎の前に立った。

「嘘なんか吐いてないよ」

勘太郎は抗（あらが）った。

「懲りねえ野郎だ。これ以上、嘘を吐くとな、おめえ、本当に誰にも相手にされなくなるぞ。納豆だって買ってもらえなくなるんだ。わかってんのか」

「わかってるさ」

「あんまりな、おっかさんに心配かけるなよ」

町役人が言うには勘太郎は母親と二人暮らしだそうだ。母親は勘太郎の法螺吹きぶりに困り、ご近所に顔向けができないと嘆いているとのこと。

「謝れってのがわかんねえのか！」

町役人たちの堪忍袋の緒が切れ、小上がりに残る二人も土間に下りると、三人がかりで勘太郎の頭を押さえつけ小幡に頭を下げさせた。

「もうよい」

小幡が手をひらひらと振ると、

「いけません。こいつにはけじめをつけさせないと。きっちりと小幡さまに謝罪させなきゃ、こいつのためにもなりません」

町役人なりの親切なのだろうが、これまでの勘太郎の法螺への怒りを爆発させてもいるのだろう。

勘太郎は目に涙を溜めて、

「本当なんだ、おいら、嘘なんか吐いていないんだ」

と、叫び立てた。

「馬鹿野郎！」

町役人は怒鳴る。

「嘘じゃねえ。確かに人が殺されていたんだよ」

「黙れ」

町役人は頭をぽかぽかと叩いた。勘太郎は痛いと頭を抱えながらも、

「人が殺されていたんだ」

と、繰り返した。

勘太郎の叫びが小幡の耳朶深く残った。

二

結局、須藤家の庭で見たという亡骸は発見されることなく数日が経った。

純之介は自宅に小幡の訪問を受けた。

由美がお茶を出すと、小幡は過剰なまでに恐縮した。子供たちは朝顔の礼を述べ立

てた。縁側に置かれた朝顔の鉢植えに小幡は目をやる。かろうじて紫の花を咲かせている。

「よく水をやってくれましたな。朝顔も喜んでおりますぞ。ああ、そうだ。菊の時節になったら、菊を持って来るからな」

小幡の親切に子供たちははしゃいだ声を上げた。

「小幡さまは菊人形作りがとてもお上手だそうですよ」

由美が言った。

朝顔の出来具合を見れば、さもありなん、と純之介は納得したが初耳である。人付き合いのない純之介と違って由美は活発で明朗ゆえ社交的だ。御徒町の屋敷街の事情に通じている。

「小幡さん、お気遣いなく」

純之介が遠慮すると、

「奥さまから総菜（そうざい）を頂戴しましたのでな。家内も子供たちも舌鼓（したつづみ）を打つ美味さです。暁さん、料理上手な奥さまを持たれて幸せですな」

小幡は満面の笑みを浮かべた。

好々爺然（こうこうやぜん）とした顔が際立つ。純之介の知らないところで由美は総菜、煮豆とか煮しめを小幡の屋敷に届けていたのだ。

口には出さないが純之介は妻に感謝した。

由美と子供たちが出て行ってから気持ちを役目に切り替え、純之介は小幡に向いた。

純之介も夜回りを続けているが直参小僧の手がかりは掴めていない。

それでも、縁側に文机を据えて笹野への報告書をしたためようとしたが、途中経過報告には集中できないとあって、書きかけで放置してあった。

小幡が、

「数日前の夜、ちょっとした騒ぎに立ち会ったのですよ」

と、法螺吹き勘太郎に付き合って須藤の屋敷を訪れたことを話した。純之介は手で自分の肩を叩きながら聞いていたが、

「法螺吹き勘太郎が正しいのか正直須藤さまが正しいのか……妙なものですな」

と、判断に迷った。

「わしは、勘太郎が嘘を吐いているとは思えないんですがな」

悩ましそうだが、小幡は勘太郎の証言を是としているようで、純之介にも賛意を求めた。

「そう思う根拠は勘太郎に同情したからですか」

純之介は冷静に問い直した。

「突き詰めれば、同情かもしれませんな。周りの者から法螺吹き勘太郎などと蔑まれておる姿に、肩入れをしてやりたくなったのですよ」

小幡が認めると、

「小幡さんらしいですね……あ、いや、決して馬鹿にしているわけではありませぬ」

純之介は微笑んだ。

「いえ、徒目付として馬鹿にされて当然です。根拠のない極めて曖昧な思い込みだと責められても仕方がない……実際、亡骸などなかったのですからな。事実を積み重ねる徒目付という役目からして、わしの行いは失格ですな」

拳で小幡は自分の頭を小突いた。

「もし、亡骸が見つかったなら、法螺吹き勘太郎にも正直な一面があると世間は見直すでしょう。亡骸が見つからないとすれば、勘太郎は嘘を吐いたことになり、法螺吹き勘太郎だと、この先も周囲の者から扱われるでしょうな」

淡々と純之介は考えを述べ立てた。

「その通りですな」

「とことん探索してみてはいかがですか。小幡さんも勘太郎も得心がゆくまで。なに、直参小僧の夜回りはわたしがやっておきます」

純之介が勧めると小幡は細い目をしょぼしょぼとしばたたかせ、

「よろしいのですか」

「どうぞ」

「ですが、徒目付の役目からは外れるのではないですか」

「直参旗本の屋敷内で殺しが起きたのかもしれないのですよ。立派に徒目付の役目ですよ」

純之介の言葉に大きくうなずき、

「ならば、お言葉に甘えまして」

小幡は闘志を燃やした。

純之介にはそれがうれしかった。

小幡は松島町にやって来た。

勘太郎の家を訪ねることにした。数日前の夜、勘太郎から住まいを聞いていたし、納豆売りの勘太郎というより法螺吹き勘太郎の家と訊けばすぐに教えてくれた。

裏長屋である。

木戸に掲げられた表札で家を確かめ、長屋の路地に足を踏み入れた。日当たりが悪く、すえたような臭いが漂っている。溝板は所々破損したり剝がれたりしている。足を取られないよう用心して進まなければならなかった。

勘太郎の家は奥のごみ溜めの近くだった。生臭い臭いが鼻腔を刺激し、井戸端で洗濯をする長屋の女たちの話が聞こえてくる。

「また、勘太郎が大法螺を吹いたんだとさ」

「聞いたよ。今度は人が殺されたなんて法螺話をでっちあげたっていうじゃないか」

「ところが、さすがに誰も騙されなかったそうだよ。相手にもされなかったってさ」

「いや、そうじゃないってよ。お侍が騙されたんだってさ」

「どじなお侍もいたもんだね」

「お侍ってほら、世間知らずだろう。だから、まんまと引っかかるのさ。だけど、勘太郎もお侍を騙したんじゃ、後が怖いよ。よくもわしを騙したな、なんてばっさり……ってことになるかもよ」

「斬られればいいんだよ。ま、命まではかわいそうだから舌でも斬られればいいさ」

女たちは笑い合った。

この界隈ではどじなお侍だと評判が立っているようだ。

つい、背中を丸めて勘太郎の家の前に立つ。

すると中から、

「おまえ、納豆、どうするんだい」

女のがなり声が聞こえてきた。

母親のようだ。

「誰も買ってくれないんだ。売り歩いたってしょうがないよ」

勘太郎の声である。

「法螺ばっかり吹いているからだよ」

「だから、法螺じゃないって」

「それが嘘だって言うんだ」

母親の声は大きくなる一方だ。

出直そうかと躊躇ったが、せっかくここまで来たのだと己を鼓舞して、

「御免」

と、腰高障子を叩いた。

親子喧嘩の声が収まった。しばらくしてから、

「どなたさまですかね」

母親の声がしたと思うと腰高障子が開けられた。ところが、建て付けが悪いため半分ほど開いてから動かなくなってしまい、母親は腰高障子を持ち上げたり下げたりして開けようと奮闘した。見かねて小幡も手伝って四苦八苦した後にようやくのことで戸は軋みながら開いた。

見知らぬ侍の訪問に母親は戸惑いの表情である。中にいた勘太郎と目が合い、

「ああ、小幡さま」

と、声を上げた。

母親が意外な顔を向けると、勘太郎は亡骸を見た晩に付き合ってもらったお侍さまだと教えた。母親は、「まあ……」と口を半開きにしてから、

「これは、これは……倅がとんだ……ご迷惑をおかけしまして……」

舌をもつれさせ、米搗き飛蝗のように何度も頭を下げた。

「いや、それはよいのだ。わしだって、興味を覚えたから勘太郎に付き合ったのだからな。あくまで自分の考えで勘太郎について行ったのだ」

小幡が立ったままだと気づき、

「あ、これは失礼しました。どうぞ、中へ」

家の中に入るよう勧め、母親はむさ苦しい家ですがと恥じ入るように付け足した。

立ち話もなんだと小幡は家の中に足を踏み入れた。

土間を隔てて小上がりの板敷があるだけの九尺二間の裏長屋である。板敷には筵が敷かれ、ちゃぶ台に湯呑が載っていた。枕屏風(まくらびょうぶ)の向こうには布団が畳んである。

母親はお民(たみ)というそうだ。父親は大工をしていたが、五年前に卒中(そっちゅう)で亡くなった。お民は繕い物の内職をしながら暮らしを立てているそうで、部屋の隅には内職の着物が置いてあった。

「小幡さまとおっしゃるんだ。小幡さまはちゃんとおいらのことを信用してくださったんだ」

勘太郎は誇らしそうだ。

「でもね、亡骸なんてどこにもなかったんだろう。本来ならおまえ、小幡さまに謝りに行かなきゃいけない立場なんだよ。何を考えているんだい」

お民は叱りつけ、更に怒鳴ろうとしたが小幡の手前、怒りを呑み込んだ。

「その辺で勘弁してやれ。申した通り、わしは勘太郎のことを信じたのだ」

「ありがたいじゃないかい。おまえのことを信じてくださるなんて、本当にありがたい話だよ。勘太郎の奴、今回のことで納豆の買い手がいなくなってしまって、全く、親不孝にも程があるんだ」

お民は口うるさそうだ。

「だから、嘘じゃないって」

「まだそんなことを言っているのかい。馬鹿は死ななきゃ治らないって言うし、嘘つきは泥棒の始まりだって言うけど、せめておまえが盗人にならなくてよかったって思わなきゃならないのかね」

顔をしかめ、お民は嘆いた。

「ひでえこと言うな。それでも親かい。じぶんの腹を痛めた子供が信用できないって情けないよ」

「ああ、情けないとも」

再び親子喧嘩が始まった。

「おい、その辺にしておけ」

小幡は間に入って喧嘩をやめさせた。

二人はしおらしく頭を下げた。

「今のおまえを見て、おれは確信した」

純之介は勘太郎を見据えた。

「はあ」

勘太郎はぼうっとした顔になった。

「おまえは嘘を吐いていなかった」

きっぱりと小幡は断じた。

「小幡さま、信じてくださるんですね」

勘太郎の顔に満面の笑みが広がった。人懐っこい笑顔を見ると、勘太郎が根は正直なのだと思えてくる。お民は勘太郎と小幡を何度も交互に見て半信半疑となっていたが、

「小幡さま、こんな奴の言っていることを真に受けたら、小幡さまの評判も悪くなりますよ」

憎まれ口を利きながらもうれしそうだ。法螺吹きとこきおろしながらも母親としては、息子の言葉を信じたいのだろう。その気持ちは十分にわかる。

「ともかく、おまえは日々真面目に納豆を売れ」

「でも、おいらの言っていることが嘘じゃなかったってことがはっきりしなきゃ、誰も納豆を買ってくれねえんだ」

一転して勘太郎の顔が曇った。

「だからといって、おまえが探索めいたこともできまい」

「そりゃそうだけど……」

「ともかく、納豆売りに精を出すことだ」

小幡が釘を刺すと勘太郎はうなずいたものの不安が去ってはいない。

「小幡さまは、探索はやったことがあるのですか」

「ある。町方の役目を手伝ったこともあるのだ。法螺ではないぞ」

冗談めかして笑い声を放ったが、勘太郎もお民もゆとりがないのか却って表情を強張らせた。小幡が笑顔を引っ込めると、

「心強いじゃないか。小幡さまにお任せして、おまえは納豆を売るんだよ」

お民は言った。

ともかく、勘太郎のために一肌脱ぐことになった。もう一度、須藤を訪ねてみることにした。

「失礼致します」

須藤の家の木戸に立った。

日輪の光が降り注ぐ庭は改めて見ると見事なまでに手入れがなされている。殺人という陰惨さとは程遠い風情を醸し出していた。

「これは、数日前の夜の……確か小幡殿であったな」

　須藤は家の中に入れてくれた。

「あの夜は騒がせてすみませんでした」

「あのような迷惑な男の法螺話に付き合わされて、貴殿も迷惑であっただろう」

　須藤の顔は小幡に対する同情というよりは人の好さに呆れているようだ。勘太郎の言葉を信じて探索を行っているのだとは言い辛くなってしまったが、躊躇している場合ではない。

「勘太郎の申すことは満更(まんざら)嘘には思えないのです」

　途端に須藤の目が三角になった。

「それでは、わしが嘘を吐いていたと申すのか」

「いえ、そんなことはございませぬ」

　慌てて頭(かぶり)を振ったものの須藤の怒りは収まらない。

「勘太郎の言葉を信じるということはわしを疑っておるということではないか」

　須藤の口調が刺々(とげとげ)しくなった。

「少しだけ付き合ってくだされ。あの夜の八つ、つまり、勘太郎が庭で亡骸を見つけたと言っている頃、何か騒ぎに気づきませんでしたか」

すっかり気分を害した須藤であるが、持ち前の責任感の強さから真剣に思い出そうとしているようで眉間に皺が刻まれた。

しばらく考えてから、

「いや、何も気づかなかったな」

と、首を傾げた。

反論こそしなかったが小幡は疑わしそうな目をした。

それに気づき、

「わしは歳を取っても耳はいい方じゃ。屋敷内が騒がしくなったら嫌でも気づく」

須藤は言った。

須藤が嘘を吐くとは思えない。正直須藤さまだからというよりは、嘘を吐く理由がない。唯一、須藤が嘘を吐く理由があるとしたら、須藤が男を殺したということだが、それはあり得ない。亡骸を短時間で始末することなど到底できなかったからだ。

やはり、須藤が言うことも正直な話ということだ。いよいよ、袋小路に入ってしまったということかもしれない。

死体なき殺し。

勘太郎の言葉が真実なら今回の一件はそういうことになる。

「貴殿、ずいぶんと勘太郎に肩入れをしておるな」

「行きがかり上なのです」

「侍には体面というものがある。余計なことに首を突っ込んでは後悔するぞ」

「ご忠告、ありがたくお受けいたします」

小幡はそそくさと立ち去った。

再び自身番を覗いたが何ら成果はなかった。

勘太郎のために何か成果を上げたいところだが、うまくはいかない。今更ながら安請け合いをしてしまったことを後悔したが、後悔先に立たず、である。

三

純之介と小幡は目付笹野平右衛門に呼ばれた。

小幡も死体なき殺しの一件は棚上げにせざるを得ない。

三番町にある笹野の屋敷に出向くと書院に通され、

「役目じゃ」

笹野から告げられた。

裃に居住まいを正し両手をついた。

「小普請組支配鬼頭玄蕃の身辺を探索せよ」

笹野は命じた。

純之介と小幡は畏まって拝命しますと答えた。

「以前にも申したが、鬼頭は賂を受け取っておるという噂がある。今回はそれに加えて自邸にて賭場を開いているという評判も立っておるのだ。その点をしかと確かめるのだ。これで晴れて鬼頭玄蕃を弾劾できる。いや、むろん、そなたらの働き次第だ。責任はわしが取る。相手は分家とはいえ、三河以来の名門の血筋だ。しくじればわしはお役御免、まかり間違えば腹を切らねばならぬ。上からの圧力があろうが断固とした姿勢で臨む」

強い決意で笹野は話を締め括った。

笹野の屋敷を出ると、

「鬼頭玄蕃という男、許すことはできない。小幡さん、とりあえず鬼頭探索はわたしが行います。小幡さんは引き続き須藤屋敷の一件を探索してください」

純之介が申し出ると、

「かたじけない」

小幡は深々と頭を下げた。


純之介は鬼頭の屋敷に向かった。

鬼頭には面（めん）が割れているため、武士の形（なり）から粗末な木綿の袷（あわせ）を着流して紺の股引（ももひき）を穿き、醤油で煮しめたような手拭で頬被りをした。当然大小は帯びず、背中に竹で編んだ籠を担いでいた。

紙屑屋に扮したのであった。

鬼頭の屋敷は新川に軒を連ねる武家屋敷の一角にあり、偶然にも須藤重蔵や大野左京の屋敷とは近い。このため、目付からの正式な役目と小幡が行っている勘太郎の事件の探索とが渾然（こんぜん）一体となってしまう。

「くず〜い」

と、大きな声を放つ。紙屑屋らしく振る舞って歩いているのだが、呼ばれても何のかんのと言い訳をして屑を引き取らないようにしていた。

すると、

「屑屋」

と、呼び止められた。

いかん。

須藤である。

聞こえなかったふりをして通り過ぎようとしたが、

「屑屋！」

もう一度、須藤は大きな声をかけてきた。迷惑なことこの上ないが、須藤も悪気があってやっている訳ではないため、怒ったり、無視する訳にもいかない。

立ち止まったまま背を向けていると、

「引き取ってもらいたい物があるのだ」

須藤は声をかけてきた。

「へ、へい」

背中を向けたまま小さな声で返事をした。

「いらない木彫りの仏像がある。引き取ってもらいたい」

「へい」

甲高い声を偽装して答える。

「申しておくが、金はいらぬ」

須藤は言った。

紙屑屋は骨董の類（たぐい）やら不要になった皿や茶碗を買い取ることがある。須藤は買い取らなくていいと言っているのだ。不用品、つまり、邪魔物なのだろう。

「こっちだ」

須藤が手招きをし、庭の中へと入って行く。しょうがない。持って帰るしかない、と純之介もついてゆく。勘太郎が死体を見たという桜を横目に母屋の裏に回った。

「これだ」

物置小屋の前に木彫りの仏像が置いてあった。純之介は竹の籠を下ろすと仏像の前に屈んだ。

蓮華座（れんげざ）に立つ背丈二尺足らずの阿弥陀如来像（あみだにょらいぞう）である。破損個所は見当たらない。これを須藤は金はいらないから引き取れと言っているのだ。なんだか惜しい気がする。

「本当に只で引き取っていいんですか」

思わず問いかけてしまった。

「正直に申す。あんまり縁起がよくないのじゃ。神田の骨董屋で買ったのじゃが、買ってからろくなことがない。このあいだも嫌な一件があった。うちの庭で人が殺されていたなどという世迷言(よまいごと)を申す輩(やから)がいたのじゃ」

須藤はぼやいた。

勘太郎の一件に話題が及び、考えでも問われたら面倒だ。仏像を籠に入れると純之介はそそくさと須藤の家の庭から出て行った。

とんだことになったものである。

しかし、これで紙屑屋らしくなった。妙なもので、そう自覚すると、

「ええ、くず〜い、くず〜い、屑屋でござ〜い」

と、紙屑屋らしい売り声を発することができた。

売り声を発しながら鬼頭屋敷の裏に回る。

裏門から屑のご用命はないかと入り込んで行った。使用人たちから屑の買い取りのやり取りをして、

「御前(ごぜん)さまは、大層評判のいいお方ですね」

と、鬼頭を話題にした。

使用人たちは複雑な顔つきとなってしまった。使用人の身で主人についてあれこれ話すのは憚られるのだろう。ただ、そうした使用人としての礼儀に加えて何か不穏(ふおん)な

ものを感じる。

屋敷内を見回すと、目つきのよくない連中が出入りしている。賭場を開いているという噂は本当だろうか。

すると、見かけた男がいた。

大野左京の弟右京の賭場の帳場を預かっていた男、名前は確か常蔵だった。

使用人に常蔵のことを訊いたが、使用人たちは口を閉ざして誰も話そうとはしなかった。常蔵が出入りしているということは、この屋敷で賭場が開帳されていると考えて間違いないだろう。

大野右京が鬼頭玄蕃邸で賭場を開帳しているということは、兄左京も関与しているのだろうか。

関与していると考えると大野が新番組頭に推挙された理由もわかる。大野が鬼頭に賂を贈ったり、足繁く猟官運動のために鬼頭邸を訪問しなくても賭場から上がる寺銭(てらせん)で鬼頭を満足させられるのだ。

もし、この推測が当たっているのなら、大野左京という男の汚さが発覚する。清廉潔白、武士道を貫く直参旗本、剣を極めんとする求道者の如き剣客の顔は表面(おもて)である。裏の顔は自分の手を汚さないどころか猟官への努力もせずに栄(は)えある役目を射止めようとした狡猾な男、という大野左京像が現れるのだ。

……ひょっとして、大野の妻紗代と門人船山新之助の不義密通と紗代の自害、船山の成敗も深く関わっているのではないだろうか。

紗代と船山は大野が弟右京に鬼頭邸で賭場を開帳させているのを知り、咎めたのではないか。

もちろん、憶測に憶測を重ねているだけだ。

憶測なのか真相なのか、鬼頭邸で開帳される賭場を調べなければならない。

案外、あっさりと鬼頭の悪さを確かめることができそうだ。物足りなさすら感じてしまう。

いかん、役目を舐めてはいけない。

しかし、一定の成果を得たことは喜ばしいことだ。

四

その日の夕刻、純之介は小幡の屋敷を訪れた。母屋の居間で鬼頭家探索と思いもかけず須藤から仏像を引き取らされた経緯を語った。

「さすがは暁さん、一日で鬼頭家の賭場を突き止められましたな。しかも、奥方と門人の不義密通についても明らかにされるとは」

小幡は賞賛した。

「不義密通につきましてはわたしの考えが真実なのかどうかはわかりません。ともかく、小幡さんが大野右京の所在を探ってくれたお蔭で突破口が開けました。くどいようですが、鬼頭屋敷で賭場が開帳されている疑いを見つけただけで実態を把握したわけではありませぬ。これから、慎重に探索を続けます」

あくまで冷静に純之介は述べ立てた。

小幡は大きくうなずいた。

「そうだ、この仏像……」

純之介は風呂敷に包んで須藤屋敷から運んできた仏像を取り出した。自宅に持ち帰ってもいいのだが、純之介に仏像を拝む趣味はない。小幡が受け取ってくれればありがたい、と純之介は頼んだ。

「小幡さんが不要ならどなたかに差し上げてください。わたしには親しき者はありませぬから」

自嘲気味な笑みを浮かべ純之介は頼んだ。

幸い、小幡は受け取ってくれた。

純之介が帰ってから小幡は仏像を眺めた。

すると、殺風景な勘太郎の家が脳裏に浮かんだ。あの家に仏像があれば、多少は空気が和む。親子喧嘩も絶えないにしろ、ずいぶんと減るのではないか。

「勘太郎にでもやるか」

小幡は呟いた。

小幡は勘太郎の家を訪ねた。背には風呂敷に包んだ仏像がある。路地を進み、勘太郎の家の腰高障子を叩いたが返事はない。怒声が飛び交い、喧嘩の真っ最中のようだ。

やはり、仏像の一つもあった方がよさそうだ。それでも、引き返そうかと訪ねることを躊躇ったが、止めないと喧嘩は収まりそうにない。

腰高障子に手をかけ開けようとしたが建て付けが悪くがたがた音を立てるばかりで動かない。風呂敷包みを路地に置き、両手を添え、腰を落としてやっとのことで開けた。

「だから、遠くに足を延ばして売ってくれればいいだろう」

顔を歪ませたお民が言った。

「そんなこと言ったってよお、そう遠くになんか行けないよ」

「この怠け者」

「怠けてなんかないよ」

しばらく親子のやり取りを眺めていたがやがて小幡は、

「御免！」

と、大きな声を出した。

やっと小幡に気づいた親子がはっとしたように、こくりと頭を下げた。勘太郎とお民は言葉を呑み込み、ばつが悪そうな顔でうつむいた。

「取込中すまんな。今日はな、これ、家に置いてはどうかと、持って来たのだ。余計なお世話だがな」

風呂敷を解き、木彫りの仏像を見せた。勘太郎は眉根を寄せているが、

「まあ、なんてご立派な仏さまでしょう」

お民は感激し、両手を合わせた。

「気に入ったのなら、受け取ってくれ」

笑顔で小幡は勧めた。

お民は勘太郎と顔を見合わせ、受け取っていいのか躊躇いを示した。

「遠慮するな。実はな、貰い物なのだ。我が家に置いておくとな、子供たちが悪戯をしたり、罰当たりなことをしかねん。それでは、仏に申し訳ないからな。貰い手を探しておったのだ」

遠慮はいらぬ、と小幡は言い添えた。

「それはそれは……では、頂戴します。本当にありがとうございます。小幡さまにはすっかりお世話になってしまって」

お民はくどくどと礼の言葉を並べ立てた。しかし、勘太郎は仏像よりも、

「殺しの探索をやってくださっているんですね」

と、須藤の屋敷で見かけた亡骸が頭から離れないようだ。

「まだ、手がかりは摑めんがな」

歯切れの悪い口調になってしまった。

「ひょっとして、おいらのことやっぱり法螺吹きだって思っていらっしゃるんじゃないですか。だから、探索に身を入れてくださらないんじゃないですか」

勘太郎が小幡に批難めいた言葉を返すと、

「滅多なことを言うもんじゃないよ。小幡さまくらいだろう。おまえの言うことをま

ともに聞いてくださったのは。感謝こそすれ、悪く言うなんて罰が当たるってもんだ」

たちまちお民に叱責され、勘太郎は悔しさを滲ませ、唇を嚙んだ。

「ほら、謝るんだ。小幡さまに頭を下げな」

お民は言ったが勘太郎は不貞腐れたように黙り込んだ。

「謝れって言っているだろう！」

お民は勘太郎の頭に手をかけ、無理やり頭を下げさせようとした。

「何するんだ！」

甲走った声を発し、勘太郎はお民の手を払い除けた。お民も負けていない。

「この出来損ない！」

お民は勘太郎の頰を平手で打った。

親子喧嘩が再開され、

「やめておけ」

小幡は二人に分け入った。

さすがにお民は申し訳なさそうに小さくなった。勘太郎は部屋の隅に移り、背中を向けて座った。

「地道に探索をすればその内わかる。焦るな。わしはな、おまえを信じておるのだ。ただ、どうもわしは万事に鈍くてな……迅速果敢に探索を進められぬ。それは申し訳ないし、勘弁もして欲しい」

諭すように小幡は勘太郎に語りかけた。お民が厳しい目で勘太郎を見る。

勘太郎は、目に涙を溜めて首を縦に振った。

お民が、

「ぶつくさ文句ばかり言っていないで、納豆を売ってきたらどうだい」

と声をかけると、勘太郎は袖で涙を拭い、

「だから、誰も買ってくれないんだよ。おいらが言ったことが嘘じゃないってことがわからないと誰も相手にしてくれないんだよ」

「だから、永代橋を渡って大川の向こうにでも足を延ばせばいいだろう。深川や本所だったら、誰もおまえのことを知らないんだからさ」

口調を穏やかにしてお民は言った。

勘太郎は腰を上げるとお民の横に座り、

「そんなとこまで行けるかよ。それに、縄張りができているさ」

ぼやくと仏像の頭を叩いた。途端にお民の目が吊り上がる。

「この罰当たり」

お民は勘太郎の頭を小突いた。

「何するんだ。このくそ婆」

「親に向かってなんてこと言うんだい」

「何度でも言ってやるさ。くそ婆、ごうつく婆」

「この馬鹿息子！」

思わずお民は仏像を手に取り勘太郎の尻を打った。

三度目の親子喧嘩に小幡は呆れ返ってしまった。

「痛いじゃないか」

勘太郎は仏像を奪い取ると投げつけた。仏像は板壁に当たって土間に転がった。

「やめろ！」

小幡は声を大きくしたものの、その拍子に咳込んでしまった。まずいと悔いた勘太郎とお民が大丈夫ですか、と心配した。

「大丈夫だ。それより、親子喧嘩はやめろ。何度言わせるのだ」

小幡に言われ、勘太郎もお民もしゅんとなった。喧嘩はやめろ、と釘を刺してから小幡は続けた。

「勘太郎、額に汗して働いている姿を見れば、人はそなたを信用するようになる。一日や三日じゃ駄目だぞ。たとえ誰にも相手にされなくとも、地道に売って歩くんだ。罵声を浴びせられるかもしれん。石を投げられるかもしれん。でもな、我慢するんだ。それでな、決して不貞腐れた顔をしたり怒ったりしたら駄目だぞ。笑顔だ。何を言われようと笑顔で売り歩け。心の中で泣こうが喚こうが表面は笑っているんだ。辛いだろうが、不思議とな、作り笑いでも笑っている内に気持ちも明るくなるぞ」

小幡にしては珍しく小言(こごと)を並べてしまった。普段、説教じみたことは嫌いだが、勘太郎とお民を見ていると、この親子のために何とかしてやらないといけないという気になってきたのだ。

お民はぺこりと頭を下げた。

勘太郎もうなだれる。

小幡は土間に転がった仏像を取り上げた。すると、

「おや」

呟いてから再びしゃがみ込んだ。

仏像の蓮華座の板片が取れ、そこから革の袋が覗いている。ひっぱり出してみるとざくざくとした感触がする。

逆さにしてみた。

きらきらとした黄金の煌(きら)めきが眩しく三人の目を射た。

「ああっ」

勘太郎は驚きの声を上げる。

お民の目も点になった。

小判と一分金、二分金が落下したのだ。驚きながらも小幡は散乱した金貨を集め、数え始めた。二分金が十枚、一分金が二十枚、小判が二十枚である。

「ええっと……全部で三十両か……」

小幡が勘定をした。

「三十両……、すげえ」

勘太郎は飛び跳ねて喜びを表現した。対して、お民は視線を彷徨(さまよ)わせ、おろおろとしている。

「おっかさん、これで、当分納豆なんか売って歩くことはねえよ。溜まった家賃だって、一遍に払えるよ。なんなら、一年分まとめて払ってやるか。そんでさあ、毎日、美味いもんが食えるんだ。鰻(うなぎ)、寿司、天麩羅(てんぷら)、腹いっぱい食べられるさ」

はしゃぐ勘太郎に、

「おまえ、このお金貰う気かい」

お民はくぐもった声を出した。

九尺二間の棟割り長屋の家賃は多少の違いはあるが月々八百文から千文である。高目に見積もって一年で一万二千文、金貨にして三両である。今現在、どれだけの家賃を滞納しているのか不明だが、三十両あれば完済した上に一年分を前払いしたって余裕ある暮らしができよう。

勘太郎が喜ぶのも無理はない。

「決まっているじゃないか。貰ったんだもの。受け取らない道理はないさ」

当然のように勘太郎は答えた。

「このお金、貰うわけにはいかないよ。仏像は頂いても、お金までは貰うわけにはいかないんだ」

冷めた口調でお民は言い返した。

「おっかさん、何を言っているんだよ。このお金はね、仏さまが恵んでくださったんだ」

「おまえみたいにいい加減で、法螺ばっかり吹いている男に、仏さまが恵んでなんかくれないってんだ」

声を荒らげることなくお民は突き放したような物言いをした。それが却ってお民の意志の強さを感じさせる。

「じゃあ、この金、どうするんだよ」

嘆くように勘太郎は問いかけた。

「小幡さまにお返しするんだよ」

お民は小幡を見た。

勘太郎も小幡に視線を向ける。勘太郎の顔には三十両への未練が残っている。

本当のことを言うべきか。

小幡とて、三十両があればどんなにありがたいことか。子沢山なのだ。子供たちに美味い物を食べさせてやれるし、玩具も買ってやれる。女房にも簪の一つでも、そして自分には美味い酒を飲ましてやれるのだ。

小幡が受け取ると言えば、お民も勘太郎も拒まないどころかお民に至っては感謝するだろう。

それだけに、受け取ることはできない。

貧しくとも正直に生きようとするお民とその考えを受け入れた勘太郎母子の気持ちを踏みにじることになるし、懐に入れては武士として人として失格である。

「いや、わしも受け取ることはできぬぞ。本当のことを打ち明けるとな、これは、須藤さまの御屋敷に出入りする紙屑屋から託された仏像なんだ……三十両を返すとなると紙屑屋を見つけねばならんな。いや、元は須藤さまの持ち物だから、須藤さまにお返しするのが筋だな」

極力冷静に小幡は説明をした。

出所が須藤と聞いて勘太郎はどうしていいのかわからないように黙り込んだ。

「須藤さまというと、勘太郎がご迷惑をおかけしているご直参ですね」

恐る恐るお民は確かめた。

「そうだ」

短く小幡は答えた。

勘太郎は疑問を呈した。

「おいらがこの三十両を持っていったら、須藤さまはどうなさるだろう」

すかさずお民が、

「決まっているじゃないか。受け取ってくださるさ。いくら御旗本だって三十両は大金だよ」

と、言い返した。

「そうかな……お侍は一旦出した物は引っ込めないって聞くよ。金に淡泊だって」

勘太郎の見通しを受け、

「おまえ、また欲が出たんだろう。持ち主に返すんだよ。相手がどなたさまであろうとね。わかったね」

お民は強い口調で言い立てた。

「そりゃ、そうだろうけどさ。おいら、どうも須藤さまは苦手だよ」

気が重いと勘太郎は嘆いた。

「気が重かろうが行ってくるんだよ」

「おっかさんが届けてくれよ」

「甘ったれるんじゃないよ」

「だって、この仏像は小幡さまがうちに届けてくださったんだ。うちの主はおっかさんじゃないか」

「屁理屈言うんじゃないよ。おまえ、須藤さまに顔と名前を憶えて頂いたんだろう。見ず知らずの町人女がお訪ねしたって、門前払いに遭うだけさ」

「事情を話せば、話を聞いてくださるよ」

勘太郎とお民は三十両返金を押し付け合った。

「任せる」

きっぱりとした口調で言い残すと小幡は家を出た。須藤はへそくりのつもりで金を仏像に隠していたのだろう。それを忘れて、うっかりと紙屑屋に扮した純之介に渡してしまったに違いない。

さてさて、勘太郎はどうするだろう。

第五章　瓢簞（ひょうたん）から大捕物（おおとりもの）

一

小幡が帰ってから、勘太郎は金をしげしげと眺めて言った。

「おっかさん、やっぱり返さなきゃいけないか。須藤さま、おっかないんだよな」

「ああ、返してきな」

素っ気なくお民は返した。

「でも、三十両ありゃ、暮らしは楽になるんだぞ」

「そりゃ、あたしだってこのお金がありゃどんなにありがたいだろうって思うよ。でもね、楽してお金を得たらろくなことにならないよ。銭金は額に汗して働いて得るものなんだよ」

淡々とお民は語った。

「そうかもしれないけど、貧乏人はいつまで経っても貧乏人なんだ。納豆なんていくら売ったって、金持ちになんかなれっこないさ」

「お金持ちになんかならなくたっていいじゃないか。あの世までお金は持って行けないんだ。三途の川の渡し賃、六文さえありゃ十分なんだよ」

お民は笑った。

「でもさ、鰻とか天麩羅とか食いたいだろう」

「食べたいけどさ、たまに食べるから美味しいんだよ。毎日、食べたらありがたくはないんだ」

「そんなもんかな……」

勘太郎は天井を見上げた。

節穴だらけの天井がお民の言っていることが正しいと物語っているようだ。

「それにね、小幡さまはおまえのことを信用してくださったんだよ。一緒に行ってくださった御屋敷は須藤さまのところだったなんて、仏さまはおまえの正直さを試していらっしゃるんだ」

お民の言葉が胸に刺さった。

勘太郎は金をしばらく見ていたがやがて革袋に納めた。

「わかった。おいら、須藤さまに返してくる」

踏ん切りがついたようで勘太郎の顔は晴れやかになった。

お民は仏像の蓮華座から外れた木片を手に取ると、台座に付け、ちゃぶ台の上に置いた。

「仏さま、ありがとうございます」

両手を合わせた。

勘太郎も横に来て念仏を唱える。

ほんわかとした空気が漂った。


純之介は引き続き鬼頭の屋敷を探索したが、徒目付から不審の目を向けられていることを警戒してか、このところ賭場は開帳されていない。

ほとぼりが冷めた頃にはきっと鬼頭は賭場を開くに違いない。

勘太郎は須藤の屋敷を訪れた。

裏口に回ろうとしたところ須藤が母屋の玄関に入るのが見えた。

急ぎ足で近づき、

「突然、おじゃましてすまねえこってす。須藤さま、お話がありますだ」

米搗き飛蝗のように勘太郎は何度も頭を下げた。

「なんだ、亡骸を見たのは嘘だったと謝りに来たのか」

須藤は勘太郎を睨んだ。

怯みそうになったが勘太郎は勇気を振り絞って別の用件で訪ねたと言った。須藤は怪訝な顔つきとなりながらも、

「まあ、入れ」

勘太郎と共に玄関に入った。次いで須藤は玄関を上がろうとしたが、

「いや、ここでいいです」

遠慮してから勘太郎は革袋を差し出した。

「なんだそれ」

首を捻ると、

「須藤さまが紙屑屋に引き取らせた仏像の台座に入っていました。須藤さま、これ、お忘れになっていらしたのではございませんか」

「忘れ物……はて……」

更に訝しんだところで、

「三十両もありましたよ」

勘太郎は革袋を開けた。

「三十両だと……」

須藤は革袋を覗いた。

「お金を捨てるもんじゃござんせんよ」

ぺこぺこ頭を下げながら勘太郎は言った。

「どうしておまえがあの仏像を手に入れたのだ」

革袋から顔を離し、須藤は首を捻った。

「仏像は紙屑屋さんから小幡さまに渡ったんです。それで、小幡さまはうちが殺風景だからって、ご親切に仏像を持って来てくださったんです。ほんで、仏像の台座の中にこの革袋が入っておったんですよ」

たどたどしい口調で勘太郎は事情を説明した。

「小幡というと、先だっておまえと一緒に来た御家人だな。どうして小幡が仏像を紙屑屋から手に入れたのだ……ま、それはよい。この界隈を歩いておる内に紙屑屋から仏像を見せられて気に入って買ったのじゃろう」

うなずきながら得心すると須藤は、

「それで、わざわざこの金を届けに来たのか」

と、勘太郎に確かめた。

「はい、そうです……ほんとのこと申しますと、おいら、黙って貰っておこうと思ったんです。だって、三十両なんて大金……三十両どころか小判なんて見たこともねえですから。夢にも見たことがねえお金が手に入ったんですものね。でもね、おっかさんに諭されたんです。額に汗して働いて金を稼げ、おまえのことを信用した小幡さまに不義理なことをしちゃあいけないって」

「そうか、それで届けてくれたんだな」

感心な奴だ、と須藤は勘太郎を誉めた。

「どうぞ、お受け取りください」

勘太郎が革袋を差し出すと、

「いらぬ」

にべもない態度で須藤は拒絶した。

予想していた須藤の応対だ。しかし、はいそうですか、と持って帰るわけにはいかない。

「いらぬって、そりゃまたどうしてですか」

目に力を込めて勘太郎は問いかけた。

「この金はわしの手から離れたものじゃ。仏像は紙屑屋に引き取らせた。その中に入っておったのじゃ、金ごと紙屑屋に引き取らせたものを今更受け取れるか」

当然のように須藤は言い立てた。

「おいらも仏像は貰ったが金までは貰ってねえんですよ」

負けじと勘太郎は言い立てた。

「武士が一旦出したものを引っ込めるわけにはいかないのじゃ」

須藤は絶対に受け取らない姿勢を示した。

「そこを曲げてお願いします」

勘太郎はぺこぺこと頭を下げた。

「おまえ、変わった奴じゃな。金は要らぬとわざわざ届けるとは……。馬鹿正直にも程があるぞ」

「ありがとうございます。おいら、周りの者から法螺吹きだって評判が立っています。正直だって誉めてくださったのは須藤さまが初めてです。正直須藤さまから正直者だとお墨付きを頂戴したようなもんです。こんなうれしいことはないですよ。おっかさんに聞かせます」

顔中をくしゃくしゃにして勘太郎は礼をした。須藤は鼻白んで返した。

「誉めてはおらん。馬鹿正直だと申した。何事にも程がある。正直も度を越せば馬鹿者じゃ」

「須藤さまは程々の正直者なのですか」

真顔で勘太郎は問いかけた。

「わしは武士、武士に二言はなし、を貫いておる」

「はあ……それは馬鹿正直とは違うのですか」

勘太郎はぽかんとなった。

須藤は答えようとしたが、うまい具合に説明できないのか面倒になったのか、

「いいから、持って帰れ！」

頭ごなしに怒鳴りつけた。

ところが覚悟を決めて来た勘太郎は動じずに言い返した。

「お金を返すとおいらが言っているのに受け取らねえって、正直者というより、変わったお侍さまです」

「ならば、紙屑屋から仏像を買い取った小幡に引き取らせればよかろう」

妥協案を出した須藤は、「我ながら名案だ」と自画自賛した。

勘太郎は思案してから、

「小幡さまは引き取ってくださるか……でも実際、既に小幡さまには断られたんです」

「小幡という男、牛のように愚鈍な男であったが、そういう者こそ意固地になったらてこでも動かない。受け取らぬかもしれぬな」

須藤も危ぶんだ。

すると、

「失礼致します」

と、表門で大きな声がした。

「小幡さまだ」

勘太郎が言うと須藤は格子戸を開け、

「入れ」

と、小幡を招き寄せた。

小幡は須藤に挨拶をしてから勘太郎に、

「金をお返しに来たのだな。うむ、感心」

と、声をかけた。

家に寄ったらお民から勘太郎が須藤に三十両を返しに行ったと聞いてやって来たのだそうだ。

ばつが悪そうな顔で勘太郎は肩をすくめた。

須藤は応対してくれたものの、また来たのかとうんざりとした顔つきになっている。

「わしは三十両は受け取らんぞ」

須藤は小幡に強い口調で申し渡した。

「困ったですよ」

勘太郎が訴えかけるように小幡に言った。

須藤が、

「そなたが紙屑屋から仏像を譲り受けたのじゃから、そなたが受け取るのが筋というものじゃ」

「お言葉ですが、それは筋違いですぞ」

小幡は、仏像は譲り受けたが中の三十両までは貰っていないと言い添えた。

「三十両は仏像の中にあったのじゃ。仏像の一部じゃ」

須藤も持論を曲げない。

小幡は丁寧な口調ながら断固とした態度で返した。

「それなら、わしは、三十両を上乗せして紙屑屋から仏像を譲り受けねばならなかったですな」

「そなたは頭が固いな」

須藤が呆れたように顔をしかめると、

「畏れながら、須藤さまも意固地なお方ですぞ」

小幡も負けじと言い返した。

須藤は不機嫌な顔で口を閉ざした。渋面が際立ち、額に筋が刻まれた。

三人は持論を言い尽くし、結論が出ないとあって、重苦しい空気の中、沈黙が続いた。

沈滞した様相を打開しようと、

「須藤さま、三十両ですが、へそくりにでもしておられたのですか」

小幡が問いかけると須藤は恥じ入るように首をすくめ、

「実はその……なんじゃ、死んだ家内に内緒で貯めていた金だ。しかし、耄碌したものじゃ。わしとしたことが、隠した場所はもとより、へそくりをしていたこと自体も忘れておった。三年前、家内が死んでへそくりをする必要がなくなったからな。そうか、あの仏像に……」

へそくりと共に亡き妻の思い出が蘇ったのか、須藤は遠くを見るような目をした。

「ならば、亡き奥方さまの供養に引き取られてはいかがですか」

改めて小幡が勧めると、

「そうですよ。冥途の奥方さまのために受け取ってください」

勘太郎もここぞと革袋を差し出した。

「そうじゃのう」

須藤の気持ちが動いたようだ。

ここぞとばかりに、

「須藤さま、どうぞ」

勘太郎が差し出すと、

「いや、やはり、お金はおまえたちが取っておきなさい。わしは受け取るつもりはない。受け取れば泉下の妻に笑われよう」

我に返って須藤は拒絶した。

小幡と勘太郎はお互いの顔を見合わせ、やれやれといった表情を浮かべた。

それでも勘太郎はここが頑張りどころだと、

「そういうわけにはいかねえですよ。仏像は頂くとしましても、お金までは貰えません」

それでも須藤は、

「わしも、一旦手離したものを受け取るわけにはいかないんだ。こともあろうに仏像を粗末にし、家内に隠れて金を貯めた罰が当たったんだよ。おまえたちが貰った方がいいと仏さまはお考えだ」

「もう一度言いますよ。おいら、仏像は貰ってもお金まで貰った覚えはないんだ。だから、この金は受け取るわけにはいきません」

「わしだって受け取れぬ。わしは紙屑屋に引き取らせたのじゃ。わしの物ではない」

須藤も頑なだ。

「おいらだって、貰えない」

頑として勘太郎も譲らない。

「持って帰るのじゃ」

須藤は勘太郎を追い出そうとした。

「いやだ！」

勘太郎も踏ん張った。

「持ってけ！　若造」

「断る！」

他愛もない喧嘩となった。

他人から見れば滑稽である。三十両の金を盗んだ、盗まないではなく、やる、いらない、が喧嘩の原因となっているのだ。

睨み合う二人の間に、

「まあまあ」

と、小幡は割り込んだ。

二人は口を閉ざしたものの、お互いの主張を譲らない。最早、意地の張り合いである。須藤と勘太郎はお互い自分の主張を取り下げようとはしない。

それをわかっていながら、

「どうするのだ。三十両もの金だぞ」

不用意な問いかけを小幡はしてしまった。

途端に、

「おいら、いらねえ」

「わしだって無用だ」

押し付け合いが始まった。

これでは到底落着しない。いっそのこと大川にでも捨ててしまうかと思いたくなる。

しかし、そういうわけにもいかない。

「わかった。わしが一旦預かる」

やむなく、小幡は申し出た。

須藤も勘太郎も文句は言わなかった。

それにしても、厄介なことになったものである。馬鹿馬鹿しい意地の張り合いだが、勘太郎が人として成長しているのが窺えて、うれしくもなった。

正直須藤の評判はいいのだが、何とも頑固、融通の利かないことこの上ない。

革袋を懐中に治め小幡は須藤の家を出た。勘太郎が追いかけてきて、

「すいません、また、小幡さまに御厄介をかけてしまいました」

ぺこりと頭を下げた。

「気にするな。おまえはいいことをしたのだ。何ら悪びれることはないぞ」

小幡は励ました。

「おいら、明日からまた納豆を売って歩きます。この界隈じゃおいらのこと相手にし

てくれねえから、深川の方まで足を延ばしてせっせと売ります」

「えらいぞ、その意気だ」

「銭金は額に汗して働いて得るもんだって、おっかさんに言われて、おいらもその通りだと思いましたから」

「おれもおまえとの約束を果たさねばならぬな」

改めて自分に言い聞かせた。

「お願いします」

「任せておけ」

懐の金がずしりと重い。勘太郎への責任を感じさせるようだ。

「明日も晴れますね」

霞みがかった青空だ。早咲きの菊が黄色の花を咲かせ、風に涼を感じる。もう、暑さが戻ることはないだろう。

「きっと、晴れるさ」

力強く肯定できた。

二

事態は思いもかけない展開をみせた。

小幡が新川界隈を探索中、勘太郎がやって来た。その顔は切迫したものがあり、きっと大きな出来事があったことを窺わせる。

「どうした」

「し、死体です……な、亡骸、仏さんですよ」

息が上がり、舌がもつれている上に勘太郎は取り乱しているため話に要領を得ない。

「勘太郎、落ち着くのだ」

優しく諭すように声をかけてから勘太郎に深呼吸をさせた。呼吸が整って落ち着いた勘太郎が言うには、深川まで足を延ばしたところ、永代橋の袂に亡骸が打ち上がったのだそうだ。野次馬の話によると亡骸の背中には短刀が突き立っていた。

「ご隠居の家でおいらが見た仏さんに間違いありませんよ」

「それは……」

よかったなとは言えない。代わりに、

「確かにご隠居の家で見た亡骸なのか」

念押しをした。

間違いありませんと、勘太郎は決めつけている。

そうかもしれないが、いや、その可能性は極めて高いのだが、確かめないわけにはいかない。

「もっと、詳しいことがわからないのか」

「それが……」

勘太郎は見知った者かもしれないと言って役人に亡骸を検めさせてもらったそうだ。

「ですが、何しろ、水の中に入っていて顔つきが変わってしまっているし、あの晩、須藤さまのお屋敷の庭でちょっと見かけただけですからね」

頼りない口調となった勘太郎は、背格好が似ているとしか断言できない、と言葉を濁らせた。

「無理もないな」

「でも、間違いないですよ。背中を短刀で刺された亡骸なんてそうそうありませんよ」

それもそうだが、須藤の家から大川までは武家屋敷が連なり三町程の距離がある。

辻番の目を潜り抜け何者かが亡骸を運んで投げ入れたのだろうか。

そんなことはできそうもないが、殺しが行われたことは間違いあるまい。勘太郎の執念が亡骸を大川に打ち上げさせたとも考えられる。この勘太郎の努力を無にはできない。

「ともかく、確かめてくる」

小幡は立ち上がった。

純之介は小幡から亡骸の件を聞いた。

「少々、厄介なことになりました。町方から話を聞きたいのですが、どうも、馴染みの者がおりませんでな……」

小幡は純之介を頼りたいようだ。

「承知しました。お任せください」

快く純之介は引き受けた。

純之介は南町奉行所の与力川村次郎右衛門(かわむらじろうえもん)を訪ねた。以前、南町奉行所の捕物出役に遭遇し、危うく逃がしそうになった盗人三人を純之介が捕えた一件で親交ができた。

捕物の指揮を執っていたのが川村である。

川村は機嫌よく迎えてくれた。

「よく、おいでくださりましたな」

川村は親しみを込めた笑顔である。

「実は、折り入って調べてもらいたいことがございます」

「拙者にできることでしたら、何なりと」

「今朝、大川で亡骸が打ち上がったそうですな。背中に短刀が突き立った亡骸です」

すると川村の目は大きく見開かれた。

「さすがは敏腕の徒目付殿ですな。お耳が早い」

と感心してから、亡骸は新川の酒問屋蒲田屋の手代梅吉だと教えてくれた。

なるほど、須藤邸とは二町程の距離だ。だが、須藤の屋敷は梅吉の亡骸が上がった大川とは反対側であるのが気がかりである。梅吉は掛け取りに行ったきり、行方が知れないのだということだった。

「掛け取りの金はいくらくらいだったのですか」

「五十両余りだったそうですよ。掛け取りの金は残っておりませんでしたから、物盗りの仕業でしょうな。あるいは、川に流されたとも考えられますが……」

「その殺し、わたしが調べるわけにはまいりませぬか」

「それはいかなる訳で。何かお役目に関わっておるのですか」

川村は興味深げだ。

「まこと、申し訳ないのですが、何分(なにぶん)にも機密の役目でございます。もちろん、落着の暁には川村殿にご報告をさせて頂きます」

純之介は頭を下げた。

川村を欺くことは心苦しいのであるが、勘太郎との約束を果たすためだと内心で言い訳をした。

機密事項という言葉が利いたようで、

「お任せ致します」

川村は承知してくれた。

南町奉行所を出ると半時ほどで新川にある酒問屋蒲田屋へとやって来た。

酒問屋が建ち並び、大勢の人や酒樽を載せた荷車が行き交っている。

特に蒲田屋の前は大変な騒ぎとなっていた。手代が殺されたと聞きつけた野次馬が群がっているのだ。

酒樽を積んだ大八車が通ることができず奉公人と野次馬の間で怒声が飛び交っている。

純之介は手代を摑まえ、主人に話を聞きたいと素性を伝えた。

主人は金次郎（きんじろう）といい、厳しい顔つきで出て来た。野次馬の群れから離れた場所まで歩き、往来で立ち話となった。手代が殺され商いが滞り、五十両の掛け金が奪われたとあっては町奉行所の役人ではない純之介の相手をしている暇などないと言いたげだ。

「手代梅吉のこと、大変であったな」

「畏れ入ります」

金次郎は頭を下げた。

「掛け取りに行って、それきりだったのだな」

「心配しておったのですが、最悪なことになってしまいました」

しんみりとなって金次郎は唇を嚙んだ。

「それにつき、少々気がかりな話があるのだ」

純之介の言葉に金次郎の目が凝らされた。

「十六日の晩のことだ。梅吉らしき男を松島町界隈で見た者がおるのだ」

「その日でございます。その日、梅吉が掛け取りに出かけたのでございます」

「すると、松島町界隈に掛け取り先があるのか」

「ございます」

「教えてくれ」

得意先に迷惑がかかると躊躇った金次郎であったが純之介が厳しい眼差しを向けると、

「御直参小普請組支配鬼頭玄蕃さまのお屋敷でござります」

と、答えた。

偶然だろうか。

意外なところで鬼頭玄蕃の名前が出て来た。

「では、梅吉は鬼頭屋敷の帰りに何者かによって刺されたということか」

「鬼頭さまのお屋敷に問い合わせましたところ、間違いなく梅吉に掛け金を支払ったとのことでございましたので、鬼頭さまのお屋敷からの帰り道で襲われたものと存じます」

金次郎の顔は曇っている。自分の言葉に納得していないようだ。

「どうしたのだ」

「いえ、滅多なことは申せぬのですが」

口に出すことを恐れている。

ひょっとして鬼頭屋敷で行われている賭場に関係するのか。ここは鎌をかけてみよう。

「賭場か」

問いかけると果たして金次郎の目が見開かれた。

「賭場なのだな」

金次郎は小さくうなずく。

次いで、

「実は梅吉には悪い癖がございまして。博打(ばくち)にはまっておったようなのです」

そのことに気づかなかった自分を金次郎は責め始めた。おそらくは、梅吉は鬼頭屋敷に行って掛け金を回収してから、賭場に足を向けたのだろう。そこで何やら問題が発生したのではないか。

よし、これで殺し探索の糸口を摑むことはできた。

それならと右京の賭場で帳場を預かっていた常蔵を訪ねることにした。常蔵は両国西広小路(にしひろこうじ)の裏手にある長屋に住んでいた。

長屋の前に立つと腰高障子を通して男と女の声が聞こえてきた。常蔵が女を連れ込んでいるようだ。

「御免」

と、声をかける。

しかし、返事はない。

「開けろ」

腰高障子をどんどん叩いた。声が止み、替わりに常蔵の舌打ちが聞こえた。

次いで、

「うるせえな」

文句が聞こえ、同時に腰高障子が開かれた。

「家賃は今月の末に払うって言っただろう」

怒鳴りながら常蔵が現れた。

純之介と目が合い、

「大家じゃないぞ」

純之介が言うと、

「……こりゃ、あん時の」

常蔵は純之介のことを覚えていた。

「そうだ」

純之介がうなずくと常蔵はばつが悪そうに手で頭を掻きながら、

「何の用ですよ。あっしゃ、何も悪いことなんかしてませんぜ」

常蔵に言わせると博打は悪いことではないのだろう。

「まあ、ちょっと、話を聞かせてくれ」

下手（したて）に出て丁寧な物腰で純之介が頼むと、

「誰だい」

けだるい女の声が聞こえてきた。

常蔵は、「うるせえな」と呟いて出て来ると腰高障子をぴしゃりと閉めた。それから路地を歩き、近くの稲荷まで行った。

「暁の旦那でしたね」

「そうだ。おまえ、大野右京の賭場で帳場を預かっておるであろう」

ずばり斬り込むと、

「そうですよ。旦那に会ったじゃありませんか」

常蔵はあっけらかんと言った。言葉の裏には鬼頭邸で開帳している賭場なら、徒目付風情に咎められない、という傲慢(ごうまん)さが滲んでいる。

「鬼頭さまの御屋敷でも開帳しておるらしいな」

「まあ、それなりに……ですがね、このところ鬼頭の御前さま、用心なさって賭場を開いておられませんや」

困ったものだと常蔵は言い添えた。

「十六日の晩は開帳しておったな」

「旦那、よく調べていらっしゃいますね。大したもんだ。その通りですぜ」

認めても罪には問えまい、と常蔵の顔には書いてある。

「それで、その賭場に新川の酒問屋蒲田屋の手代で梅吉という者が出入りしておるだろう」

「ええ、通ってきますよ。それがどうかしましたか」

「殺されたんだ。賭場の帰りにな」

「へ〜え」

大袈裟(おおげさ)に身体を仰け反らせたが、常蔵はさして驚いた様子はない。

「どうした、驚いていないな」

という純之介の指摘にも動揺せず、

「あいつは、博打にのめり込んでいましたからね。いつか揉め事を起こすと思っていましたよ」

「どういうことだ」

「博打になると人が変わるっていうか、負けが込むと目が血走ってきて、しょっちゅう揉め事を起こしていましたよ。あの晩は掛け取りの金があったからでしょうが、随分と気が大きくなっていましたね」

よりにもよって梅吉は集金した五十両を博打の元手にしたようだ。

常蔵によると梅吉はつきについていた。これまでの負けが嘘のようにつきまくり、かなりの金額を手にしたそうだ。

「梅吉は一人でやって来たのだな」

常蔵はしばし思案をしてから、

「いつもは一人なんですがね、あの晩はもう一人がいましたよ。年配の男でしたね。そうだ、番頭さんと梅吉は呼んでいましたっけ」

不愉快な男だが、常蔵はいいことを思い出してくれた。番頭とは蒲田屋の番頭ということに違いない。

「すまなかったな」

純之介は財布から一分金を取り出すと常蔵に手渡した。常蔵は拝むようにして受け取る。

「ところで、鬼頭玄蕃さまの賭場、いつまでも開くわけにはいかんぞ」

「わかってますよ」

「すぐにもやめろ。義理はあるまい」

純之介の問いかけに常蔵は大きく頭(かぶり)を振った。

「これは、親分のためでもあるんですよ」

やはり、大野右京にとって鬼頭邸の賭場は特別なのだ。

「どういうことだ」

「ですから、親分に頼まれたんです」

「右京がどうして鬼頭の屋敷で賭場を開けなどと頼むのだ」

「兄上さまのためだってことですよ」

常蔵は小石を蹴飛ばした。

「もっと詳しく話してくれ」

「よくはわからないですがね、親分は鬼頭さまのお屋敷で賭場を開帳し、寺銭を鬼頭さまに差し上げるようにって左京さまから頼まれたんですよ」

推量通りだ。

思いもかけない展開となった。法螺吹き勘太郎の正直な目撃談が大野左京の素顔を暴き立てようとしているのだ。

二人の仲が良かったということは予想できたことだ。右京は左京のために鬼頭の賭場で貢献していたのだ。

やはり、鬼頭玄蕃は大野左京だけではなく役付を願う旗本たちの生き血を吸うとんでもない男に違いない。

すると、

「鬼頭さまはお金が大好きですがね……」

へへへ、と常蔵は下卑（げび）た笑いを漏らした。察しはつく。案の定、小指を立て、

「こっちも大好きでしてね。親分に好い女を世話しろって、顔を会わせると頼まれるって、親分も呆れていましたよ」

鬼頭玄蕃、金と色に目が眩（くら）んだとんだ愚物（ぐぶつ）だ。鬼頭への怒りを抑え、純之介は問いかけを続けた。

「おまえ、大野左京、つまり、親分右京の兄貴をどう思う」

「初めは反発していましたよ。親分は家を追い出されたって聞いてましたからね。でも、親分が左京さまのことは慕っているってことがわかったんでね、あっしらも親分同様に従っていましたよ……もういいでしょう。この辺で勘弁してくださいよ」

常蔵はあくびを漏らした。

「もう一つ聞かせてくれ。鬼頭邸で賭場が開かれるのはいつだ」

純之介は静かに問いかけた。

「さてね……」

常蔵は横を向いた。

「帳場を預かるおまえが知らないはずはなかろう」

「ちょっと待ってくださいよ。暁さま、あんた、うちの賭場を摘発しようってんですか」

威圧するように目を凝らし、常蔵は純之介を見返した。

「当然であろう」

純之介は笑顔を取り繕った。

常蔵は目をしばたたいてから失笑を漏らした。

「手入れなんぞできはしない、と見下しておるのか」

冷めた口調で純之介は語りかけた。

それには返事をせず常蔵は家に戻ろうとした。純之介は常蔵の腕を摑んだ。常蔵はむっとして純之介の手を払い除けた。

すると純之介は常蔵の髷を摑んだ。

「いてて……何しやがる！」

言葉を荒らげ、常蔵は純之介を睨んだ。

「賭場はいつ開帳される」

髷を摑んだまま問いかける。

常蔵は答える代わりに純之介の腕を持ち、力任せに髷から離したため、その拍子に元結が切れてしまった。

ざんばら髪となった常蔵は、

「訴えてやる。暁さまに乱暴された、と訴えてやるぜ」

「町方に訴えるのか」

純之介は薄笑いを浮かべた。

「そうとも」

「訴えられるものなら訴えてみろ！」

「ああ、訴える」

「おまえらやくざ者が訴え出たところで町奉行所は受け入れぬ」

「………」

常蔵は唇を嚙む。

「なんなら、大野左京さまか鬼頭玄蕃さまに頼んだらどうだ。むしろ、その方がありがたい。訴えられたらこっちは事情を語る。当然、鬼頭邸で開帳される賭場の話もしなければならぬな」

にんまりとした純之介を剣呑な目で見返し、常蔵は家に戻ろうとした。

「どうした、訴えぬのか。何なら、わたしが付き添ってやろうか。一緒に南町奉行所に行くぞ」

「あんた……」

常蔵は押し黙った。

「よし、訴えやすいようにおまえをいたぶってやろう」

純之介は人助けをするかのような口調で語りかけると、右の拳で常蔵の顔面を殴りつけた。常蔵は両目を見開き手で頰を撫でる。容赦なく純之介は膝で常蔵の鳩尾(みぞおち)を蹴った。

思わず常蔵は地べたに膝をついた。

続いて純之介は胸板に足蹴を食らわせる。

「ひえ〜、や、やめろ」

悲鳴を上げ常蔵は地べたを這いつくばった。

長屋のあちらこちらの戸が開き、こちらの様子を窺い出した。常蔵の家から女が出て来た。けだるそうな顔つきだったが常蔵の様子を見て口を半開きにした。

「見世物じゃないぞ！」

長屋中に轟く声で純之介は一喝した。開いた戸が閉じられる。女も関わりを避けるかのように家に引っ込んだ。

「もう一度尋ねるぞ。賭場はいつ開帳されるのだ」

問いかけながらも純之介は常蔵を足蹴にした。常蔵は地べたを転がる。純之介は溝板を足で剝がした。

次いで、

「さあ、吐け」

常蔵の傍らに屈み、手で後頭部を押して顔を溝に突っ込んだ。両手をばたばたさせながら常蔵は抗った。

息が詰まるのを見計らい、純之介は常蔵の顔を溝から引き上げる。しかし、常蔵がほっとするのも束の間、再び顔を溝に入れた。

これを何度か繰り返す内に常蔵は音を上げ、

「あ、あ、あさって……明後日の晩です」

と、息を切らして白状した。

純之介は立ち上がった。

常蔵の肩が激しく動く。ぜいぜいと息を漏らしながら常蔵はへたり込んだ。

「うむ。礼を言う。おまえ、その日は風邪でもひけ。これは薬代だ」

純之介は一分金を常蔵に握らせ、立ち去ろうとしたが、ふと地べたに目をやり、

「溝板、元に戻しておけよ、子供や年寄りが足を取られたら大変だ」

と、言い置き、軽やかな足取りで長屋を出た。

さて、明後日の夜、笹野の許可を貰い、鬼頭玄蕃を賭場開帳の罪で摘発しよう。

笹野は捕物方を編成するだろう。

しかし、手入れされることが常蔵の口から大野右京経由で鬼頭の耳に入ったら。常蔵は小悪党、賭場が摘発されるとなると我が身可愛さで口をつぐむだろう。

いや、痛めつけられた恨みから右京に報せないとは限らない。鬼頭に知られないよ

う極秘裏に進めるはずだ。漏れたら鬼頭は笹野に圧力をかけるだろう。鬼頭本家の威光を笠に着て鬼頭は摘発を免れようとするかもしれない。

あるいは、賭場開帳を中止するか。

いや、中止はするまい。鬼頭は強欲だ。このところ摘発の目を気にして控えていたのだ。

鬼頭は大野右京に開帳させる。

摘発の情報を耳にしたら、本家を通じて笹野に圧力をかける、と純之介は見通した。

圧力をかけられた笹野はどうするだろう。鬼頭邸の手入れを中止するだろうか。

そうなったら、純之介と小幡にも中止を命じる。

しかし、純之介に応じる気はない。

不正を摑みながら権力に屈して見逃すのなら徒目付をやっている意味がない。世直しと大上段に構えるつもりはないが、悪党を放置はしない。

世直しには遠く及ばずとも自分が関わった悪は退治する。いざとなったら、自分と小幡だけでも鬼頭邸に乗り込もう。

いや、小幡も及び腰になるかもしれない。それを卑怯とは思わない。上役の命令は絶対だからだ。

三

常蔵と別れてから蒲田屋に戻った。

主人金次郎に再び会う。

そして、

「番頭を呼んでもらいたい」

純之介は言った。

「源蔵に何か御用でございますか」

「源蔵というのか。まあ、いい。ともかく呼んでくれ」

強い口調で言うと、

「わかりました」

金次郎は戸惑いながらも小僧に番頭さんを呼んでおいでと声をかけた。

待つほどもなく源蔵がやって来た。初老の実直そうな男だが視線が定まらずおろおろとしている。

「こちらのお侍さまが、おまえに御用があるそうだ」

金次郎は言った。

純之介は素性を名乗り、

「源蔵、十六日の晩梅吉と一緒だったな」

と、いきなり斬り込んだ。

「ええ、その……」

源蔵はおろおろとし始めた。

「一緒だっただろう」

問いを重ねると金次郎がどういうことだというような顔となった。

「いいえ、一緒じゃありませんよ」

「まことか」

「一緒じゃありません」

源蔵は繰り返した。

するとと金次郎が、

「ちょいと待っておくれよ。番頭さん、おまえさん、確か梅吉の掛け取りがなっていないからって嘆いていたね」

鬼頭の掛け金が溜まりに溜まっていたが、一向に回収できないことに源蔵は不満を口にしていた。実際、掛け金は昨年末から持ち越しになっていた。

「一緒について行ってやったらどうだいってお願いしただろう」

金次郎は言った。

「え、そうでした」

一転して証言をひっくり返した源蔵に、

「一緒に鬼頭さまのお屋敷に行ったんだね」

と、言葉を強くして金次郎は問いかけた。

「は、はい」

源蔵は消え入るような声で認めた。

「掛け金を受け取り、その後どうした」

「まっすぐに帰りました」

源蔵は言った。

するとと金次郎が、

「おまえさん、あの日は遅かったじゃないか」

「そ、それは、帰りがけにちょいと一杯飲んでいまして」

「どこの縄暖簾だ」

純之介が問いかけると、

「新川の瓢箪屋でございます」

瓢箪屋……。

確か小幡が飲んでいた縄暖簾だ。勘太郎が梅吉の亡骸を見つけて飛び込んできた店である。

「その晩なら、おれも瓢箪屋で飲んでいたんだ。おまえは見かけなかったぞ」

純之介は鎌をかけた。

「ああ、瓢箪屋ではなかったかな……。ええっと」

源蔵はしどろもどろとなる。

「梅吉と一緒に賭場で博打をやったのだろう。いい加減なことを申すと承知せんぞ」

純之介は怒鳴り上げた。

金次郎も、

「どうなんだい」

源蔵はうなだれながらも、こくりと首を縦に振った。

源蔵は帳簿に穴を開けていたことがわかった。飲み食いと色里(いろざと)に掛け金を使い、その穴埋めをしようと悩んでいた。そこで梅吉に勧められるまま賭場に通った。梅吉の調子良さに誘われるまま博打を始めたものの、勝てるものではない。借金ばかりが膨らんでしまった。

「梅吉の奴は平気なもんで、賭場通いをやめようとはしませんでした」

あの晩、梅吉はつきにつき、勝ちに勝ちまくった。

「ところが、わたしはさっぱりでした」

がっくりくる源蔵をよそに梅吉は勝ち誇った。

「それで、梅吉に金を貸してくれと頼んだんです」

しかし、梅吉はけんもほろろだった。

「少しでもって頼んだんですけど、梅吉の奴、小馬鹿にしたように鼻で笑うだけでした」

源蔵は梅吉から金を奪ってやろうと賭場を仕切るやくざ者の隙を狙って短刀を盗んだそうだ。

「それで、鬼頭さまのお屋敷を出て帰り道です。辺りに人けはなくて今だと短刀を梅吉の背中に突き立てたのです」

殺害の様子が蘇ったようで源蔵は気を高ぶらせた。その時の様子を再現するかのように短刀を突き立てる真似をした。

金次郎が顔を歪め、

「おやめ！」

と、怒鳴った。

正気に戻った源蔵はしおれてしまった。

「それで、どうした。須藤さまの御屋敷に一旦は梅吉の亡骸を運び込んだのだな」

純之介が確かめると、

「どなたのお宅かは知りませんでしたが、目の前にある御屋敷の庭に梅吉の亡骸を運びました。それで、梅吉の亡骸から金を抜き取ってお店に帰ったのでございます」

震える声で梅吉は打ち明けた。

「梅吉の亡骸はその後、大川に投げ込んだのだろう。どうしてそんな面倒なことをしたのだ。夜とはいえ、人目につくだろう」

純之介が疑問を投げかけた。

これが一番の問題だ。須藤の屋敷に亡骸はあった。法螺吹き勘太郎は嘘を吐いていなかったのだ。それなのに、小幡と共に戻った時には亡骸、すなわち梅吉の死体はなかった。梅吉の亡骸は大川に投げ捨てられていたのだ。一旦、須藤屋敷に捨てた死体を何故大川まで運んだのだ。

深い疑問と興味に駆られる。

すると、困惑気味の顔つきで源蔵は答えた。

「そんなことはしておりません……梅吉の亡骸を大川どころかあの御屋敷から一歩も動かしてなんかおりません。一体、どうして大川に投げ込む必要があるのですか」

「この期(ご)に及んで恍(とぼ)けるか……ああ、そうか。おまえは、亡骸を勘太郎に見られて心配になり、大川に捨てたのだな」

今できる推測をまじえ、純之介は源蔵を問い詰めた。口を割らせようとしたが、純之介は不安を抱いた。源蔵の表情は嘘を言い立てているようには見えないのだ。

案の定、

「何度聞かれましても、あの御屋敷から梅吉の亡骸は運び出しておりません」

源蔵は強く否定した。

金次郎が割り込んで、

「おいおい、往生際(おうじょうぎわ)が悪いぞ。殺しを認めたんだ。亡骸の始末も白状したらどうだい。お役人さまの手を煩わせるんじゃないよ。あたしだってね、人殺しの番頭に店の金に手をつけた手代を雇っていた責任は感じているんだ。おまえと梅吉の雇い主としてどのような処罰も受ける覚悟なんだよ。洗いざらいぶちまけるんだ、源蔵！」

厳しく叱責をした。

「旦那さま……そんなことおっしゃられても、やっていないんです。わたしは、梅吉の亡骸を見知らぬ御屋敷の庭に捨てただけです」

頑なに源蔵は言い張った。

「殺しを認めて亡骸の始末を認めないとはどういうことだい」

尚も金次郎は問いを重ねる。

「ですから、大川になどは運んでおりません」

断固として源蔵は認めない。

金次郎も、

「正直に言いなさい」

と、叱責したが、

「本当でございます」

源蔵はその点だけは頑として認めようとはしなかった。

実に奇妙なことだ。

源蔵の言葉を信じるなら、梅吉の亡骸は源蔵以外の何者かが須藤邸から運び出し、大川に捨てたことになるのだ。疑問は尽きないがともかく源蔵の身柄を南町奉行所に引き渡そう。殺しは認め、源蔵は観念したのだ。梅吉の亡骸遺棄については南町奉行所の吟味にまかせよう。

「鬼頭玄蕃さまの御屋敷で賭場が開帳されていること、南町奉行所でもしかと申すのだぞ。よいな」

純之介は釘を刺した。

南町奉行所は旗本屋敷で行われている賭場を摘発できない。しかし、吟味の際の取調べ帳に鬼頭玄蕃邸で賭場が開帳されていた事実を記録するのは無駄ではない。その記録が物を言って、評定所にて収賄を含む鬼頭の罪を裁くことができるのだ。

それに、兄大野左京の意向を受けて弟の右京が鬼頭屋敷で賭場を開いているのだとしたら、賭場の上がり、俗にいう寺銭が新番組頭推挙への賂代わりと見なすことができよう。

「右京は最近になってから鬼頭さまの御屋敷で賭場を開くようになったのか」

自分の推量が正しいか源蔵に確かめた。

「梅吉は二年前から通っているって言っていました。何でも、四年前から右京親分は鬼頭さまの御屋敷で賭場を開いていらっしゃるそうですよ」

源蔵の答えは純之介の推量を裏付けた。

源蔵の身柄を南町奉行所に引き渡し、与力川村次郎右衛門に吟味を任せた。

川村の吟味においても、源蔵は梅吉を殺害したことは認めたが、死体を大川に投げ捨てたことは頑として認めなかった。

認めようが認めまいが、人を殺した以上死罪は免れないのに妙なことだと純之介の気持ちは晴れない。

組屋敷に戻ると由美が書物を読んでいた。実家である蘭方医井村東洋から借りたそうだ。時折、由美は父親の診療所を手伝っている。医術に興味を持ち、男であれば蘭方医になりたかったそうだ。

「蘭方は面白いか」

お茶を飲みながら純之介は訊いた。

特段意味のない雑談である。大野左京探索を命じられてから夫婦でゆっくりと語らうことがなかったため、何か困り事がないか確かめるつもりだったのだ。

それが意外な展開を見た。

「ここに刺殺に関する特殊な症例が書かれておるのです。とても興味深いですよ」

由美の口調は熱を帯びている。

おそらく、由美は話したくてうずうずしていたに違いない。

これでは聞き流すわけにはいかない。純之介は黙って話の続きを促した。

「西洋のある国で心の臓を刺された者が息を吹き返し、刺されたことに気づかずしばらくの間歩いていた例があるのだそうですよ」

由美は蘭方の医術書を純之介に差し出した。幸いにもミミズがのたくったような阿蘭陀文字ではなく日本語で記されている。

梅吉の亡骸が思い出された。

「……ま、まことか」

純之介は書物を手に取った。

予想以上に反応を示した純之介に由美は小首を傾げた。

「刃物が栓の役割を果たし、血は流れ出なかった。しかし、身体の中では血が流れ続け、やがて死に至った……すると、梅吉も刺されてから息を吹き返し、刺されたことに気づかないで須藤邸から出た。新川の店に帰るつもりが、本人も知らぬまま大川まで歩いたところで息絶えたということか」

独り言のように純之介は梅吉の死を推量した。由美は純之介の思案を邪魔することなく黙った。

「そうだとしたら、勘太郎の証言も源蔵の証言も説明がつく。それに、あの晩、亡骸を運んだ者の目撃証言が得られなかったことも……なるほどそういうことか」

得心が行き、純之介は手で膝を打った。


純之介は小幡と共に笹野平右衛門の屋敷を訪問した。

御殿奥書院で純之介は復命書を提出し、口頭でも報告した。由美から聞いた西洋の刺殺例を基にした梅吉の死に関する推論は笹野と小幡も納得した。

笹野の許可を受けて純之介は南町奉行所与力、川村次郎右衛門にも梅吉刺殺についての考察を書き送った。

「梅吉殺害の一件から鬼頭玄蕃弾劾の道が開かれたな」

笹野は満足そうにうなずいた。

「小幡さんのお手柄です」

純之介が小幡を賞賛すると、

「いやあ、わしは勘太郎の話を信じておろおろとしておっただけです」

謙遜ではなく、心底からそう思っているようだ。

「笹野さま、鬼頭玄蕃に裁きを受けさせましょう。明日の夜、鬼頭邸で賭場が開帳されます。手入れをすれば鬼頭の罪は明らかとなります」

強い意志を込め、純之介は進言した。

「そうじゃのう」

笹野は判断に迷う風だ。

小幡は純之介と笹野の様子を窺っている。

純之介の視線を受けながら笹野は答えた。

「明日の夜、鬼頭邸で賭場が開帳されると確証があるのか。常蔵なるやくざ者の証言だけでは心もとないぞ」

慎重な姿勢を取った笹野に、

「鬼頭本家からの圧力も気になるのではござりませぬか」

純之介はずばりと指摘をした。

胸の内を見透かされたようで笹野は嫌な顔をした。公明正大を公言している笹野としては鬼頭本家の圧力に屈するのは屈辱であるが、無視すれば目付という立場が悪くなる。はっきり言えば出世に差し障りが生じるのだ。

笹野は表情を穏やかにし、

「鬼頭本家の圧力はともかく、直参旗本の屋敷に踏み込むには確固たる拠り所が必要じゃ。常蔵の証言だけでは……心もとないのう」

あくまで目付としての公正な判断だと言いたいようだ。

純之介は怯まずに提言した。

「踏み込む判断の拠り所としまして、鬼頭本家からの圧力としてはいかがでしょう。本家から圧力があれば、賭場開帳の日時が暁純之介に漏れたことが鬼頭玄蕃の耳に入ったのです。なければ、鬼頭玄蕃の耳には達しなかったのか、達していても本家の威光を背に賭場開帳を強行するでしょう。確実に賭場は開かれるのです。博打が行われている現場を押さえればいかに本家が口を挟もうと鬼頭玄蕃を弾劾できます」

すると、

「まさしく！　暁さんの言う通りです。笹野さま手入れを致しましょう」

身震いしながら小幡が賛同してくれた。

笹野は小さく首を縦に振り、

「よかろう。手入れを行う。ただ、鬼頭邸に踏み込む捕方を準備せねばならぬ」

「南町奉行所の与力、川村次郎右衛門殿に頼んではいかがでしょう。捕方の指揮は笹野さまがお執りください」

純之介の頼みを受け、

「そうじゃな……」

いま一つ乗り気ではない口調で笹野は答えた。まだ笹野には不安が残っているのだろう。捕方を率いて鬼頭邸の手入れをしたはいいが、賭場が開帳されていなかったなら、鬼頭玄蕃からの抗議が熾烈なものとなり、南町奉行所からも批難を受ける。笹野は目付を辞さねばならないだろう。

笹野が決断を躊躇しているのは当然だし、責められるものではない。笹野の心配を取り除くのは自分の役目だ。

「ならば、こう致しましょう。笹野さまは捕方を率いて鬼頭邸の近くで待機してください。わたしが鬼頭邸に潜入し、賭場が開かれているか確かめます。確かめたなら呼子を吹きますから踏み込んでください」

純之介の策を受け、

「うむ、よかろう」

暗雲が晴れたように笹野の表情は明るくなった。

「あの……わしも暁さんと一緒に鬼頭邸に潜り込みます」

小幡は意気込んで申し出た。

純之介は小幡に向き、

「お気持ちはありがたいのですが、賭場開帳の確認はわたし一人で十分です」

と、丁寧に断りを入れた。

「はあ……そうですな、わしが行っては足手まといになるでしょうし」

小幡は引き下がったが無念そうだ。

役立たずと純之介に判断されたと受け止めたようだ。懸命に探索をしてきた役目を全うしたいという小幡の責任感を傷つけたようで申し訳ない。

そんなことはないと小幡に申し開きをしたいのだが、笹野の手前、慎むべきだ。それに、鬼頭玄蕃の罪状が明らかになれば小幡の気持ちも晴れよう。

翌日、純之介は南町奉行の捕方と共に鬼頭玄蕃の屋敷近くにやって来た。南町の捕方を指揮するのは目付の笹野平右衛門と与力の川村次郎右衛門である。

笹野と川村は陣笠(じんがさ)を被り、黒小袖に野袴、それに火事羽織を重ねている。捕方を構成する同心、中間たちは額には鉢金(はちがね)を施し、小袖を尻はしょりにしている。同心は十(じっ)

手を、中間は梯子や袖搦、突棒、刺股といった捕物道具を携えているが、御用提灯に灯りは入れていない。

黒小袖に裁着け袴を穿いた純之介は笹野と川村に一礼すると鬼頭邸の裏手に向かった。

裏門脇の練塀から伸びる松の枝を伝い屋敷内に忍び込む。篝火で照らされ、右京の子分たちが夜回りをしていた。

松の木陰に身を潜め、番小屋の様子を窺った。格子窓から灯りが漏れている。木陰から踏み出し、腰を屈めながら番小屋に歩み寄る。近づくと賭場の喧騒が聞こえる。

念のため、中を覗くと、盆茣蓙の周りに数十人の男たちが座り、博打に興じていた。監視するかのように右京が腕を組んであぐらをかいている。

見回すと常蔵の姿はなかった。どうやら、右京には手入れがあるのを報せていないようだ。今頃は江戸から逃げ出しているのかもしれない。

「よし」

純之介は懐中から呼子を取り出した。

すると、

「何やっているんでえ」

背後でどすの利いた声が聞こえた。

しまった、と悔いたが時既に遅く、両手を摑まれた。その拍子に呼子が地べたに落ちた。

数人の子分たちが純之介を囲んだ。反撃の暇もなく大小を取り上げられ、匕首を突き付けられた。

一人が右京に報せに行った。

「さっさと逃げないとお縄になるぞ」

純之介は語りかけたが彼らは聞く耳を持たない。

やがて、右京がやって来た。

「こりゃ、いつかの徒目付じゃねえか」

右京は純之介をねめつけた。純之介は子分たちにしっかりと腕を摑まれ、身動きもできない。

「年貢の納め時だぞ」

純之介が言うと、

「その台詞はあんたに返すぜ」

子分から右京は匕首を受け取った。

次いで、

「まさかとは思うが手入れがあるかもしれねえ。あと一勝負してから今夜は閉じるぜ。おめえら、片付けにかかれ」

と、子分に命じた。

笹野と川村は純之介の合図を待っている。自分が殺されても踏み込むかもしれないが、その時に賭場は閉じてしまっているだろう。

しくじった、痛恨(つうこん)の念が胸にこみ上げた。

「冥途の土産に教えてやる。直参小僧はな、おれたちの仕業だ。鬼頭さまに役付を頼みに来る旗本で羽振りのいい連中を教えてもらってな、そんで以て盗み入ったわけだ」

得意そうに右京は言った。

「そいつは考えたものだな。で、鬼頭邸の千両箱も盗んだのか。鬼頭は飼い犬に手を嚙まれたというわけか」

「ありゃ、芝居だ。鬼頭さまは用心深い。自分の屋敷にも直参小僧が盗みに入った、と見せかけ、疑いをかけられないようになさったんだ。おっと、話し込んでしまったな。なら、あの世に逝(い)きな」

右京は匕首の柄を右手で握り直した。

その時、

「ピイ〜！」

という、けたたましい呼子の音が夜空を震わせた。

右京の視線が彷徨い、腕を掴む子分たちの力が緩んだ。

すかさず純之介は腕を振り解き、両側の子分たちの鳩尾に拳を沈めた。続いて間髪容れず右京に飛びかかる。

「野郎！」

右京は匕首を振り回して抗ったが、

「観念せよ！」

一喝するや純之介は手刀を右京の首筋に叩き込んだ。右京は膝から頽れた。

程なくして練塀越しに高張提灯が掲げられた。梯子を伝って捕方が雪崩込んで来た。

見回すと小幡大五郎が倒れていた。傍らには呼子が転がっている。小幡が鳴らしてくれたのだ。

「小幡さん」

純之介は駆け寄り、側に屈むと小幡を抱き起こした。

「暁さん……お、お、手柄ですな」

かすれる声で小幡は言うと両目を閉じた。

脇腹から血が滲んでいる。子分たちに刺されたようだ。

純之介は着物の袖を千切り、止血をした。助かってくれ、と心底から願った。

「小幡さん、美味い酒を飲みましょう」

小声で告げると純之介は小幡を抱き上げた。

笹野と川村に率いられた捕方が突入した。

大野右京の口から賭場の開帳ばかりか直参小僧も鬼頭玄蕃の要請で行われたことが明らかにされた。

右京は目付笹野平右衛門が立ち会った、南町奉行所与力川村次郎右衛門の吟味を受け、鬼頭玄蕃の罪状は白状したが、兄左京の関与は否定した。右京の証言を基に鬼頭玄蕃は評定所で裁かれた。右京に賭場を開帳させたり直参小僧という盗人を創造して盗みを重ねさせたりしたことを鬼頭は否定した。

しかし、屋敷で賭場が開帳されていたのはまぎれもない事実である。また、賂を贈っても思うような役職が得られなかった旗本から鬼頭収賄の証言が寄せられた。読売(よみうり)

は鬼頭玄蕃の悪行を書き立てた。

こうしたことから鬼頭本家は鬼頭玄蕃に手を差し伸べるどころか一切頬被りをしている。

鬼頭玄蕃は切腹、大野右京は打ち首、子分たちは遠島もしくは江戸所払いという裁許が下った。

しかし、大野左京には追及の手が伸びない。右京が左京の関与を否定し、罪を背負ったまま死罪に処されたからである。

ともかく、鬼頭玄蕃弾劾と直参小僧捕縛が成就し笹野平右衛門は若年寄から感状と金五十両が下賜され、大いに面目を施した。

純之介と小幡にも笹野から感状と金十両が与えられた。小幡は深手を負ったが順調に回復している。

仏像の三十両は勘太郎から落とし物として南町奉行所に届けられた。小幡が須藤の了解を得て、勘太郎に指示をしたのだ。

勘太郎は南町奉行から正直さを誉められた上に梅吉殺し探索への功も認められて、褒美金五両が下された。その上、半年間落とし主が名乗り出なかったら三十両も勘太郎に与えられる。

大喜びの勘太郎だったが褒美を得たことよりも、近所の人々が納豆を買ってくれるようになったことがうれしくてならないと言っているそうだ。

読売はこぞって法螺吹き勘太郎の善行を書き立てた。勘太郎が梅吉の殺されたことを言い立てて駆け込んだ縄暖簾が瓢箪屋であったことに引っかけ、「瓢箪から駒」と囃し立てたお蔭で瓢箪屋も連日盛況だとか。

こうなると、現金なもので主人も掌を返したように勘太郎を歓迎し、客たちも勘太郎の手柄話を聞きたがった。勘太郎も気を良くして語るのだが、酒が入るとどうしても話の中味が微妙にずれ始め大きくなる。

いつしか、勘太郎が下手人を捕らえたとまで話はでかくなったが法螺吹きぶりを咎める者はいないそうだ。

第六章　武士道の果て

一

一件は思わぬ形で決着を見た。

小幡はお手柄だと褒美を貰ったことを素直に喜んでいる。純之介は役目遂行に安堵はしたが気持ちは晴れない。

大野左京のことである。

理沙に約束した船山新之助の汚名をそそぐという仕事は果たしていないのだ。大野は新番組頭を辞退し、道場も閉じた。落魄(らくはく)の身で余生を過ごすようだ。

鬼頭玄蕃の賭場は左京の弟右京が営んでいた。しかし、右京が大野家を勘当の身となっていたとあって、左京にまで追及の手は及ばない。

そのことも純之介の胸の中に澱となって残っている。徒目付の役割とは別に一人の人間として大野左京と対決をしよう、と純之介は心に踏ん切りをつけた。

純之介は大野屋敷を訪ねた。

黒小袖に仙台平の袴、黒紋付を重ねている。褒賞金で新調したとあって、袴の襞が際立っている。

裏門は開かれているが、道場は閉鎖されているとあって静寂が広がる中、秋の深まりを物語る爽やかな風が吹き抜けている。道場の前の庭で大野は紺の道着を身に着け、黙々と木刀を振っていた。

道場は閉じても一人の剣客の誇りは失っていないのだろうか。純之介に気づき、大野は木刀を振る手を止めた。

「失礼致します」

純之介は丁寧にお辞儀をした。

大野はうなずくと道場の縁側に腰を下ろし、傍らに座るよう目で促した。一礼して純之介は腰かけた。

「鬼頭殿の一件では、右京が貴殿に世話になったのではないか」

正面を向いたまま大野は言った。

鬼頭玄蕃と右京の摘発は純之介が行ったと見当をつけているようだ。

「役目上のことです」

純之介は否定しなかった。

「右京には申し訳なく思っている。まさか、わしのために鬼頭殿に賭場の寺銭を納めていたとはな……わしの不徳の致すところである、と申せば安易に過ぎるか」

皮肉めいた笑みを大野は浮かべた。

純之介はうなずく。

「貴殿、わしが関与しておると疑っておるのか」

大野は純之介が来訪した意図を推量して問いかけた。

「疑う根拠はあります。これといって鬼頭玄蕃に猟官運動をしていなかった大野さまが新番組頭に推挙されたことこそが、何よりの根拠です。猟官運動に訪れる旗本方から徹底して賂を受け取り、賭場まで開帳させていた鬼頭が猟官運動もせず賂も贈っていない大野さまを推挙した背景には、表沙汰になっていない利を得たからでしょう。その利とは右京から受け取った賭場の上がり。いわゆる寺銭です。右京が鬼頭に寺銭を贈っていたのは賭場開帳の見返りに加えて兄のため、と考えるのはごく自然のことです。しかし、立証できないからには絵に描いた餅ですな」

冷めた口調で遠慮会釈なく純之介は自分の考えを述べ立てた。

「そなたらしいな」

薄く大野は笑った。

次いで、

「では、本日参ったのはわしを弾劾しようというのではないのか」

と、訝しんだ。

「弾劾しに参りました」

純之介は毅然と返した。

「なんじゃと……しかし、そなた申したではないか。今回の一件ではわしの加担を立証できぬ、と。その舌の根も乾かぬ内に前言を翻すのか、そなたらしくもない」

大野は責めるような目をした。

「鬼頭玄蕃の収賄、盗難、賭場の開帳に大野さまが加担しているというのではありません。別の一件でわたしは大野さまの罪を問いたい」

静かな口調で純之介は見返した。

「別の一件……まさか、船山を手討ちにしたことか。あれは既に裁きを受けたのではないか」

　不満と疑念のため、大野の顔は曇った。

「いかにも。したがいまして公儀徒目付としてではなく、一人の武士として大野左京さまの罪を糾したい」

　凜とした声音で純之介は言い放った。

「なんじゃと」

　大野の目が吊り上がった。

「改めてお願い致します。紗代さまの自害と船山殿を手討ちにした真の訳をおっしゃってくだされ」

　純之介は迫った。

「何度も申したが不義密通じゃ。紗代は己が所業を悔いて自害をし、船山は不義密通の罪により手討ちにした。それ以外の事実はない」

「果たしてそうでござろうか。では、お訊きします。船山殿が大野さまに隠居を勧めた訳は何ですか。失望した訳は何だったのですか」

　純之介が問いを重ねると、

「それも申したぞ」

むっとして大野が返すと、

「船山殿が増長したということでしたな」

「いかにも」

大野は吐き捨てた。

「おかしいのですよ」

純之介も声を大きくした。

大野が反論する前に、

「船山殿の日誌、船山殿は大野さまへの尊敬の念に溢れております」

「日誌にはそう書いたのであろう」

「一行、二行ならば、世辞めいたことを記すことはあるでしょう。しかし、船山殿の日誌は生真面目な人柄を反映するかのように事細かにその日の出来事、特に道場での稽古について書かれております。稽古の内容、直すべき点、学んだこと、そして大野さまの言動が細大漏らさず書いてあり、決まって尊敬の言葉と感謝の言葉が添えてありました……大野さま、船山殿は心底からあなたさまを尊敬し、信頼しておったのですよ。いじらしいばかりに……」

語る内に純之介は胸に熱いものがこみ上げてきた。

しかし、大野は冷たく言い放った。

「日誌になんぞ偽りの心を書けるものじゃ」

「日誌は他人に見せることを想定して書くものではありません。嘘を書き連ねる必要などないのです」

思わず純之介は語調が強くなった。

「それならば、わしに隠居を勧めた訳も記してあるのではないのか」

小馬鹿にしたように大野は言い放った。

「それが記されていません。ただ、日誌の終わりに大野さまへの失望が記されておりました」

純之介は失望の二文字に力を込めた。

「失望な……わしの剣の衰えを見たのか。それは仕方あるまい。わしとて歳には勝てぬ」

ふふふ、と大野は自嘲気味の笑いを浮かべた。

「いいえ、そうではないと思います」

きっぱりと純之介は否定した。

「ほほう」

大野は野太い声を発した。

「まず、わたしと手合わせをしてくださった時、わたしは東軍流秘蝶返しの変化技に敗れました。負けたから申すのではなく、大野さまには、いささかも衰えなど見受けられませんでした。むしろ剣客として円熟を迎えているのでは、と感じたものです」

「それは貴殿の目から見てのことであろう。東軍流という馴染みのない剣法と手合わせをしたのだからな」

「それもありましょう」

「もう一度申す。船山の目から見たら衰えと映ったのだろう」

「それも違います。道場からの帰り際、玄関で船山殿は大野さまの剣の技量を絶賛しました。それは日頃の先生の厳しい鍛錬の賜物である、と申されましたぞ。その表情、口調は熱を帯びておりました。この時は大野さまを剣ばかりか、武士としても師と仰ぎ見ていたのです」

純之介は言った。

大野は横を向いた。

純之介は続けた。

「したがって大野さまの技量衰えを問題にしていたのではないのです」

純之介は断じた。

「その数日後、唐突に奥さまは憐れ、と記してありました」

「それこそ、不義密通の証ではないか」

ここぞと大野は言い立てた。

「これは、紗代さまへの恋情ではなく同情です」

純之介は首を左右に振った。

「同情であろうが恋情であろうが、船山が紗代に想いを寄せたことに変わりはない」

不愉快そうに大野は顔を歪めた。

「何度も申します。船山殿の日誌にはそこに唐突に紗代さまが出て来るのです。他にはありませぬ。想いを寄せている女性のことを日誌にも記さないのはおかしいのです」

純之介は言った。

「ならば、船山がわしに失望したのは何故だと思うのだ」

苛立たし気に大野は言葉を荒らげた。

「大野さまが新番組頭登用に当たって鬼頭玄蕃に右京を通じて賂を贈ったこと、それから……紗代さまを鬼頭に提供したこと。鬼頭玄蕃は金と女に目がなかった、と鬼頭邸で賭場を開帳していた博徒から耳にしました。とにかく女には目がなかったと」

常蔵の話を思い浮かべ、純之介は言葉を止めた。

「貴様……」

大野は両目を大きく見開いた。

「間違っておりますか」

努めて冷静に純之介は確かめた。

「そのような……」

「武士の風上（かざかみ）にもおけぬ所業でござりますな。それでは、船山殿ならずとも失望致しますぞ」

静かに純之介は責め立てた。

「ふん、あくまで憶測じゃな」

大野は声を上げて笑った。

「憶測です。憶測にすぎません。ですから否定なさって結構です」

微塵（みじん）の揺らぎもなく純之介は返してから眦（まなじり）を決して言い足した。

「否定なさいますか。ご自分の心に、亡き紗代さまと船山殿に対して否定なさいますか。お答えくだされ」

大野の喉笛が蠢いた。

「紗代は後ろめたかったのだ。子を産めない身にな。それで、わしに献身して尽くしてくれた。その最たることが鬼頭に抱かれることだった。考えようによっては紗代は本望であったのだ。船山にしても御家人の身で旗本たちを差し置いて目をかけてやったのだ。わしの出世を喜ぶのが当然だ」

開き直って大野は自分勝手な理屈を述べ立てた。言い訳ではなく心底からそう思っているのだ。これが本性なのだろう。

何という醜い心根であろう。

こんな男の妻であった紗代、高弟であった船山新之助が憐れだ。

「鬼頭から新番組頭推挙を持ち掛けられた時、魔が差した。それまで出世だの立身だの贅沢華美には無関心であったが、ふときらびやかな暮らしを思ったのだ。栄えある御番入り、旗本としての名誉を味わいたい。俗なものへの関心が高まった。思えば、右京と再会し、奴の伸び伸びと楽し気な暮らしを知り、羨ましくなった。心の隅に封じ込めていた俗な気持ちが解き放たれたのかもしれぬ」

大野は小さく息を吐いた。

次いで、

「ならば、裁かれようではないか。そなたにではなく、直参旗本大野左京として公儀の裁きを受ける」

不敵な笑みを浮かべる大野をこの場で斬ってしまいたくなる。衝動を堪え評定所への同道を求めた。

「武士の情け、しばし待ってくれ。支度を調えたい」

この期に及んで武士に拘る大野に嫌悪感を抱いたが、受け入れた。ともかく、大野は罪を認めた。認めて罪を償うのは当然としても紗代や船山に詫びてもらいたい。

大野は武士道を貫く生き方に魔が差したと言っていたが、無理に禁欲を貫いた果ての破綻なのだろう。魔が差したきっかけは勘当された弟との再会であったとは皮肉なものである。右京の生き様に憧れの念を抱いていたのは武士道に縛られた己が暮らしに不満と疑念を抱いていたからだ。

やがて、裃に居住まいを正した大野が出て来た。

「同道致します」

純之介が声をかけたところで、

床の間の刀掛けから大野は刀を摑み、右手で持つと居間を出て庭に下り立った。

純之介も後からついて庭に出た。

抜けるような青空に鱗雲が流れている。

大野は振り返り純之介と向かい合った。

と、やおら左手が刀の柄にかかる。

東軍流秘蝶返しだ。

純之介は背後に飛び退いた。背中が松の木にぶつかった。

大野の刃がすり上げられた。太刀筋が読めていたため、さっと右にかわすことができた。

大野の刃は空を切ると思いきや、優美に伸びる枝を切断した。

ばさっと枝が落ちるのと同時に純之介は大上段から刀を振り下ろした。風が鳴り、大野の大刀を叩き落としたと思うと、返す刀で髷を斬った。

髷が落とされざんばら髪となった大野はゆっくりと庭に正座をした。次いで、純之介を見上げると目元と口の端を緩めた。

「さらば」

大野は言うと脇差を自分の腹に突き立てた。

「待たれよ」

純之介が止める間もなかった。

大野は腹をかっさばき、

「紗代、船山、すまなかったな」

呟くと首筋に切っ先を突き立てた。

血潮が噴き出て大野の身体はばったりと前のめりに倒れ伏した。

最悪の結果となった。

純之介は呆然として大野の亡骸と松の枝を見下ろし続けた。

今回の一件は武士道を貫こうとした大野が招いた悲劇とばかりは言えないと思った。

誰もが良かれと思ったことが裏目に出た。

大野は武士道を貫こうとして挫折し、紗代は夫のために御番入りを願い、右京は融通の利かない兄の出世のために鬼頭に賂を贈った。そこには悪意はなかった。善意が悲劇を引き起こしたのだ。

武士道を貫いたと思いながら大野左京は死んでいったのだろうか。

だとしたら悔しいし、どうにも腹が立つ。

大野の勝手な理屈のために紗代や船山は死に、その死は報われることはない。大野が小普請組の者たちのように日々、組頭や支配の屋敷に顔を出していたら。御番入りするために地道な運動をしたなら。

大野の誇りがそれを許さなかった。

誇りではない、見栄だ。

「何が武士道だ」

純之介は吐き捨てた。

いや、待てよ。

対決する前、大野が紗代や船山をなじったのは純之介を挑発するつもりだったのではないか。純之介を真剣勝負に誘ったのではないか。

東軍流秘蝶返しを使いたかった。封印されていた秘剣を使ってみたいという剣客の本能が疼いたのでは……。

大野が死んだ以上、純之介の想像でしかなく、真偽のほどはわからない。

二

純之介は目付笹野平右衛門に一部始終を報告した。

黙って聞き終えた笹野は、

「憐れなものよな」

と、呟くように感想を漏らした。

「憐れとは誰に対して抱かれたのですか」

純之介が問いかけると笹野はおやっという顔になった。

「これは失礼致しました、余計な言葉でありました」

純之介は詫びた。

「大野左京の手討ち、穏便に済ませるか……評定所にて裁きは下されたのだしな。今更、蒸し返すのもなんだ……」

笹野の物言いには迷いが感じられる。

真実を明らかにする、という目付本来の役目を言い立てる笹野にすれば真相を闇に葬るのは後ろめたいのだろう。一方で評定所の裁きが間違いだったと明らかにすれば評定所の心象を害するばかりか敵に回しかねない。

出世の道は閉ざされるのだ。

「わたしは評定所の裁許を覆して真実を明らかにすべきだと思います」

明確に純之介は主張した。

笹野は話の続きを促した。

「たとえば大野が急な病で死んだ、ということにしたのなら紗代さま、船山殿は浮かばれませぬ。お二方は不義密通の濡れ衣を着せられたままなのです。冥途でも不名誉を背負っているのです。紗代殿のご実家、船山殿の遺族、許嫁、みな苦しい思いをしているのです。その呪縛を解き放たなくてはなりませぬ」

熱を帯びながら純之介は持論を展開した。

「それはわかるがな……」

笹野は苦渋の表情を浮かべた。

「迷うことはないと存じます」

純之介は迫った。

「そうじゃがな」

笹野が苦悩を深めているのは、日頃の言動との違いを自覚しているからだ。目付たる者、公正な立場で罪を断罪すべきで、そこに私情を交えることは御法度であり、外圧にも毅然として拒絶しなければならない。体面を慮って真実を歪めてはならない、と笹野は純之介に諭しているのだ。

理想と現実の板挟みになっている。

大野の一件は旗本の体面を傷つける醜聞である。病死でお茶を濁してはならない。たとえ、純之介が笹野から徒目付のお役御免を申し渡されようと……。

「何か問題があるのですか」

純之介は問いかけた。

「このところ、不祥事続きであるからな」

笹野は苦笑した。

「世間の評判ですか」

「馬鹿にはできぬ」

「人の噂も七十五日と申します」

「それはそうじゃが」

笹野は思案をした。

「体面を気にして真実を覆い隠してよろしいのですか」

冷めた口調で純之介は言った。

「そなた、変わらぬのお」

笹野はにやりとした。

「わたしのことはどうでもよいのです」

純之介は言った。

笹野は静かにうなずき、

「よかろう。大野の手討ちの一件を表沙汰にし、然るべく処置をする。おそらくは、大野家は断絶となろうな」

と、決断した。

純之介は平伏して席を後にした。

羽織、袴を身に着け、純之介は船山の屋敷を訪ねた。

仏間で船山の位牌に向かって真相が明らかになったことを告げた。

美代と理沙は畏まって純之介と対した。

「よかったですな」

純之介は船山の汚名がそそがれたことを祝した。

「ありがとうございます」

美代が礼を述べ立てると、

「信じておりました」

理沙は言い添えた。

「わたしは真実を明らかにしたに過ぎませぬ。船山殿の無念を思えば誇るべきことではありませぬな」

純之介は美代に頭を下げた。

「新之介も暁さまのようなお方と知り合えたことがせめてもの慰めです」

美代は涙ぐんだ。

「本当です。とかく、不都合なことは隠したがるものです」

理沙も純之介に感謝した。

「わたしは融通が利かないとか変わり者と思われております。今更、人から好かれようとかうまくやろうなどとは思っておりませんし、できもしませぬ」

大真面目に純之介は打ち明けた。

「孤高を貫いていらっしゃるのですね」

理沙は感心した。

「そんな大したものではありませぬ」

純之介はきっぱりと否定した。

ここで美代が、

「理沙殿、これでけじめがつきました。あなたは、これからは新之助に縛られることなく生きてゆかれよ」

と、諭すように言った。

「わたくしは新之助さまの許嫁であったのです」

理沙は美代を見返した。

「許嫁であったのです。今は許嫁ではないのです。これからしっかりと生きてゆかねばならないのですよ。新之助を慕ってくれるのはありがたいのですが、それではあなたの人生とは言えないのです」

美代は優しく諭した。

理沙の目から大粒の涙が溢れた。次いで、両手で顔を覆うとさっと立ち上がった。そのまま座敷から出て行った。

「これでいいのです」

美代は言った。

純之介は再び仏壇を見た。位牌の陰に何かあった。

純之介の視線に気づいた美代が仏壇に手を伸ばした。短冊（たんざく）であった。それを美代は純之介に手渡した。

そこには和歌がしたためられていた。

几帳面な文字は船山が詠んだ歌に違いない。

そこには、

「忍ぶれど心ときめき我が想い剣先鈍る今日の稽古……」

和歌とも川柳(せんりゅう)ともつかぬ拙(つたな)さは船山の忍ぶ恋を如実(にょじつ)に物語っている。紗代への恋情を歌ったのであろう。

美代は黙っている。

純之介と同じことを考えているのではないか。船山は紗代への思慕の念を抱いていた……。

船山は紗代に恋心を抱いていたのだろうが、それは自分が紗代と結ばれたいというよりも、貞淑な武家の妻女としての憧憬(どうけい)の念であったのではないか。

その紗代を新番組頭に推挙してもらうために鬼頭玄蕃に抱かせた、そのことも師への絶望の大きな原因となったのかもしれない。ひょっとしたら、それが一番の原因なのかもしれない。

武骨で、歌心など無縁の船山が必死で和歌を詠んだ。その心情はあくまで想像に過ぎないがともかく純之介は船山の冥福を祈った。

上野黒門町の縄暖簾で純之介は小幡と杯を酌み交わした。

すっかり秋は深まり、直しよりも燗酒(かんざけ)が美味い。小幡は褒賞金で多少は懐が温かいとあって上方下り（かみがたくだり）の清酒を飲んだ。

すっかり上機嫌であったが酒が進むにつれ、表情が曇ってきた。

「しかし、どうも今回の役目は辛いものでしたな……もっとも、楽しい役目などあるものではないのですが」

達観めいた物言いをした。

純之介が黙っていると小幡は続けた。

「笹野さまも頑張ってくださいましたな。とかく臭いものには蓋をしがちですが、笹野さまは果敢に醜聞や問題を表沙汰になさいました。いやあ、見直しました。あ、いや、無礼なことを申しました」

小幡は手で頭を掻いた。

「いかにも、笹野さまは踏ん張ってくださいました」

純之介は猪口の酒を飲み干した。

「徒目付のお役目、満更捨てたものじゃありませんな」

徳利（とっくり）を持ち上げ、小幡は代わりの酒を頼んだ。

徳利が運ばれてくると純之介が受け取り、小幡に酌をした。小幡は恐縮して猪口を差し出す。

「小幡さん、次のお役目も相役になってください」

純之介は真摯な目で申し出た。

「ええ……はあ、そりゃ、望むところですが、わしでよろしいのですか……」

純之介の酌で満たされた猪口を小幡は小机に置いた。

「お願い致します」

純之介は頭を下げた。

小幡は右手をひらひら振って面を上げるよう頼み、

「足手まといですぞ。きっと、後悔なさいますぞ」

と、純之介を見返した。

「小幡さんがお嫌なら諦めます」

「嫌なものですか」

「ならば、我ら二人でこれからも徒目付の務めを果たしていきましょう」

純之介は微笑んだ。

小幡も満面に笑みを広げる。

純之介と小幡は猪口の酒を飲み干した。

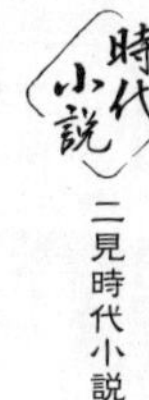

二見時代小説文庫

徒目付暁純之介御用控1 潔白の悪企み

二〇二三年 八 月二十五日 初版発行

著者 榊 一太郎

発行所 株式会社 二見書房
〒一〇一-八四〇五
東京都千代田区神田三崎町二-一八-一一
電話 〇三-三五一五-二三一一［営業］
〇三-三五一五-二三一三［編集］
振替 〇〇一七〇-四-二六三九

印刷 株式会社 堀内印刷所
製本 株式会社 村上製本所

落丁・乱丁本はお取り替えいたします。定価は、カバーに表示してあります。

ISBN978-4-576-23089-4
https://www.futami.co.jp/

榊 一太郎

徒目付暁純之介御用控

シリーズ

以下続刊

①潔白の悪企み

暁純之介二十五歳は目付配下の徒目付。徒目付は相役と二人で役目を担う。大抵、相役は決まっているが、純之介には決まった相役がいない。今回の相役は十歳ほど上の小幡大五郎。だが目付の命を受けるこの場に小幡の姿はない。そもそも相役には何も期待しない純之介だが……。新番組頭への登用が内定している小普請組大野左京の行状を調べよ——。これが二人への命令だ。

西川 司

深川の重蔵捕物控ゑ

シリーズ

以下続刊

① 契りの十手
② 縁の十手

目の前で恋女房を破落戸に殺された重蔵は、悪党が一人もいなくなるまでお勤めに励むことを亡くなった女房に誓う。それから十年が経った命日の日、近くの川で男の骸がみつかる。体中に刺されたり切りつけられた痕があるのだが、なぜか顔だけはきれいだった。手札をもらう同心千坂京之介、義弟の下っ引き定吉と探索に乗り出す重蔵だったが…。人情十手の新ヒーロー誕生！

藤 水名子

古来稀なる大目付

シリーズ

①まむしの末裔（まつえい）
②偽りの貌
③たわけ大名
④行者と姫君
⑤猟鷹（りょうよう）の眼
⑥知られざる敵
⑦公方天誅（てんちゅう）
⑧伊賀者始末
⑨無敵の別式女（べっしきめ）

「大目付になれ」——将軍吉宗の突然の下命に、一瞬声を失う松波三郎兵衛正春だった。蝮（まむし）と綽名された戦国の梟雄・斎藤道三の末裔といわれるが、見た目は若くもすでに古稀を過ぎた身である。「悪くはないな」——冥土まであと何里の今、三郎兵衛が性根を据え最後の勤めとばかり、大名たちの不正に立ち向かっていく。痛快時代小説！

藤 水名子

剣客奉行 柳生久通 シリーズ

完結

①獅子の目覚め
②紅の刺客
③消えた御世嗣
④虎狼の企み

将軍世嗣の剣術指南役であった柳生久通は老中松平定信から突然、北町奉行を命じられる。一刀流免許皆伝とはいえ、市中の屋台めぐりが趣味の男にはあまりに無謀な抜擢に思え戸惑うが、能ある鷹は爪を隠す、昼行灯と揶揄されながらも、火付け一味を一刀両断！ 大岡越前守の再来⁉ 微行で市中を行くのは、一刀流免許皆伝の町奉行！

藤 水名子

火盗改「剣組」シリーズ

完結

①鬼神 剣崎鉄三郎
②宿敵の刃
③江戸の黒夜叉

《鬼平》こと長谷川平蔵に薫陶を受けた火盗改与力剣崎鉄三郎は、新しいお頭・森山孝盛のもと、配下の《剣組（つるぎぐみ）》を率いて、関八州最大の盗賊団にして積年の宿敵《雲竜党》を追っていた。ある日、江戸に戻るとお頭の奥方と子供らを人質に、悪党たちが役宅に立て籠もっていた…。《鬼神》剣崎と命知らずの《剣組》が、裏で糸引く宿敵に迫る！

二見時代小説文庫